纸上游天下·中国当代游记精选
主编:高长梅 张 佶

YUE ZHAO JIANG XIA YUN

月照江夏韵

刘燕成 著

九州出版社
JIUZHOUPRESS 全国百佳图书出版单位

图书在版编目（CIP）数据

月照江夏韵/ 刘燕成著. -- 北京：九州出版社,2013.9
（2021.7 重印）

（纸上游天下：中国当代游记精选 / 高长梅, 张佶主编）

ISBN 978-7-5108-2359-6

Ⅰ.①月… Ⅱ.①刘… Ⅲ.①游记 - 作品集 - 中国 -
当代 Ⅳ.①I267.4

中国版本图书馆CIP数据核字（2013）第227699号

月照江夏韵

作　　者	刘燕成　著	
出版发行	九州出版社	
地　　址	北京市西城区阜外大街甲35 号（100037）	
发行电话	（010）68992190/3/5/6	
网　　址	www.jiuzhoupress.com	
电子信箱	jiuzhou@jiuzhoupress.com	
印　　刷	北京一鑫印务有限责任公司	
开　　本	710 毫米 × 1000 毫米　16 开	
印　　张	8	
字　　数	105 千字	
版　　次	2014 年 1 月第 1 版	
印　　次	2021 年 7 月第 6 次印刷	
书　　号	ISBN 978-7-5108-2359-6	
定　　价	36.00 元	

仁者乐山，智者乐水。所以古今中外，无论贤人圣哲，还是白丁草民，他们在观山赏水的时候，无不从山水之中或感悟人世人生，或慨叹世事世情，或评点宇宙洪荒，于寄情山水中，抒发自己的惬意或伤感。有的徜徉于山水美景，陶醉痴迷，完全融入大自然忘记了自己；有的驻足于山川佳胜，由物及人，感叹人世间的美好或艰难。

一篇好的游记，不仅仅是作者对他所观的大自然的描述，那一座山，那一条河，那一棵树，那一轮月，那一潭水，那静如处子的昆虫或疾飞的小鸟，那闪电，那雷鸣，那狂风，那细雨等，无不打上作者情感或人生的烙印。或以物喜，或以物悲，见物思人，由景及人，他们都向我们传递了他们自己的思想情感。

一篇好的游记，它就是一帧精巧别致的山水小品，就是一幅流光溢彩的山水国画，就是一部气势恢宏的山水电影。作者笔下关于山水的一道道光,一块块色,一种种造型,一种种声音,无论美轮美奂,还是质朴稚拙,无论清新美妙,还是苍凉雄健,都让我们与作品产生强烈的共鸣,让我们在阅读中与自然亲密接触,于倾听自然中激起我们的思想波涛,与作者笔下的自然也融为一体。

　　这是一套重点为中小学生编选的游记,似乎也是我国第一套为中小学生编选的较大规模的游记丛书。我们希望这套游记能弥补中小学生较少有时间和机会亲近大自然的缺憾,通过阅读这套游记,满足自己畅游中国和世界人文或自然美景的愿望。

目录

CONTENTS

仁山智水 第一辑

 第二辑 湿地里的雨

目录 CONTENTS

目录
CONTENTS

情满花溪 第三辑

第四辑

东街里的樱花

目录 CONTENTS

目录
CONTENTS

楼上秋风　第五辑

仁山智水

观风山的冬

　　刚入冬,观风山就变得蜡黄蜡黄的了。抬起头,透过办公室那宽敞明亮的玻璃门窗,就可看见它那黄色的肌肤,转变得亮亮的,润润的,从山脚一直到山顶,渐次铺层开来。偶尔也可以看到几只体肥的山鸟,乌黑的羽翼,电一样闪过窗外,待得抬眼细看,便只见那细黑的影儿,次第粘贴在了观风山岭的光秃枝丫里,默不作声。

　　冬日里,我特别的懒,妻常常骂我像一坨磁铁,黏着板凳,黏着书本,或黏着电视电脑,就是一整日。然而,观风山是一定要去攀登的。再大的风,再大的雪,都改变不了我的这个习惯。我至今也说不清这个中的缘由。不知道是观风山距离单位和距离家都很近之故,还是山上习习的冬风带来的刺骨的激情,抑或是那白雪皑皑的山景之诱惑。似乎是在于这些,又似乎都不是。然而有一点是肯定的:我是从大山里走出来的山里娃,我打骨子里喜欢大山。

　　观风山当然是算不得大山的。这山亦本是无名的,皆因后来的雅士们,依了山貌,或是个人兴趣爱好,给这山取了名,让后人记之。观风山虽名字柔美好记,但山貌不如想象的美,也非险峻危峡那般教人惊心动魄,至多算作丘陵一座而已,矮矮地,圆墩墩地,屈身挤在繁华的城南高楼之间,想知道它,都难。后来,我于无事之时翻看闲书,在《贵阳府志》里惊喜地读到前贤毕三才的《观风台碑记》,方才知道这山名,真是雅士们随性泼墨而写下来的。置身这矮圆的山岭之巅，向东望去，看见的是一岭细瘦的栖霞山和满岭裸露着灰白色喀斯特巨岩的铜鼓山诸山岭，在干冷的北风里，默默地站着；往西望去，便见得西岩高耸，俨然一座危崖绝壁。俯身下望，便可见得这山岭脚下，一条潺潺奔腾的长河，撕裂了两岸瘦薄的冰面，蜿蜒远去。这就是贵阳市民称之为母亲河的南明河了。此正是"山势皆从北来，折而东；两江磅礴而来，大汇于城南之渔矶"的写照。河畔上，是黔地最高党组织机构中共贵州省省委，以及散落排列的各类产业厅局单位，包括我现今供职的水利厅在内。冬日一到，河岸上的杨柳，早早就褪掉了秀长的绿发，余得一身瘦弱的柳条儿，倒映在水里，风一过，便惊起满江水波来，随着河心的浪涛，奔涌而去了。冬日的骄阳暖暖地照在南明河上，阳光爬上了窗台，我一日的工作便开始了。大多时候，因琐碎的公务裹身，便忘了河畔那端的观风山，这样的次数多了，便会情不自禁地想，那山那树那风景，怕是更清冷更寂寞了吧。

冬日的风，是最不讲情面的。山岭上，先前还略带绿意的林间野草，几日不见，便就被冬风蹂躏得枯黄得不成样子，软趴趴地，东倒西歪地，吹得遍地都是。先前那还挂有几片鲜红的秋叶的古枫，现在却只剩得光秃秃的冷枝条儿，硬挺挺地撑在头顶。老树身上披着的横七竖八的枯藤，更是扰乱了这一冬寂冷的山景，倒是岩缝里悄悄露出半边脸的山鼠，给我心里添增着一阵又一阵暖意。我想，这观风山的语言，这大山里的情和爱，怕就是这些细微的、不起眼的物事组成的。如若那开山的先贤，他们之于斯山斯地，一定是心怀敬意的。

假若，时光倒转到明万历年三才先生所在的那个时代，这冬日里的观风山，一定是若同今日一样的瘦小，谁叫它的脚下是渺渺荡荡远去的南明河呢，又是谁叫它置身于繁花似锦的城南闹市中央呢。自小，我就听老人们讲，再高的山梁，在水的心里，在江河的眼里，都只是一个小小的倒影而已。这样想，这山便是再普通不过了。好在三才先生之流的父母官和雅

士们,并未因这山的娇小而有半点嫌弃之意,反而,邀朋约友,屡屡登山细访细看,硬是在这瘦矮的山尖,树起了一房小小的亭台来,且满怀激情地,立碑撰文记之。遥想一下,那时那景那情形,该是一种怎样的欢乐。有时候我会傻傻地想,倘若没有先贤对这山岭的无限钟爱和无数次的歌吟,这山就一定只是一座世俗之山、一座文盲山、一座没有生命的山。我倒是要为这一岭淳朴简约的冬景,感到庆幸了。细细地屈指一算,这灰飞烟灭四百多个冬,水一样流走了。三才先生再也不会知道,四百多年后的今冬,我一次又一次寂寂地踏着前人的足迹,一个人来到山下,一次次仰头望山,发现这山并非若心里想象的那般娇弱到让人心痛。映入眼帘的,是苍茫挺拔的古木,是蜿蜒而上的林间山径,是一岭蜡黄静寂的山城冬景。在幽静的山道两边,古柏的翠叶成为这一岭冬景的点睛之笔,唯独那舶来的梧桐,邀约似的,裸着身子站在半山腰,似乎是在静静地等候着它的谁,或是,等待他那绿意盎然的春吧。"是日也,云蒸霞蔚,日丽风怡。登空中楼阁,芙蓉四面,环带三溪。"这般大美的景象,怕是要等到来年春天方才再呈现了。

冬日的夜里,那山湾河面上的古楼,灯光摇曳,笙音清亮,茶香阵阵。红袍女子的影儿,悠长地停驻在楼宇之下的青石古道里,妖艳,羡人。浮玉桥上,夜游的人儿络绎不绝,日日如此,月月这般,年年繁华。我藏身在山脚之下的西湖巷内一套窄窄的旧居里,靠在寒冷的孤枕上,切切地怀想起河边的观风山,以及山下的子民们。倘若,那高居庙堂之人,善于观风,那处江湖之远的人,懂得观风,那么这世风兴起之大美愿景,便指日可待了。这样想,这样看,这观风山下满城温暖的幸福,就不远了。

双乳峰

　　一开始，我觉得还是不要看得那么清晰为好，留一点儿朦胧感在心间。可是，一拨又一拨的观众，大步流星登上了观望台来看你。尽管你远远地仰卧在那端，但他们依然偷窥到了你裸露着的高耸而丰满挺立的美丽。

　　我正踱步在通往观望台的瘦弱的山径上，深秋的细雨说来就来了。不过这倒好，它如了我的心愿。我想，遇见这般好的天景，你也一定是快乐的。一小阵雨过后，你便换上了纯白的裙装，像一个静候的待嫁姑娘。

　　这深秋里的雨，一点落地的声音都没有，飘在半空中，便已化作了一缕缕洁白的雾，缠缠绵绵地裹在那半山腰上。散落的村庄上空，已经卷起了悠悠的炊烟。在母亲湖畔，父亲赶着他的老马，一路狂奔着路过你的身旁。那些熟蒂的落瓜，是读得懂父亲的心事的，它们正滚满一地的金黄。在牛娃的屁股后面，辽远的田野依然飘荡着秋的喜气。这到底是一个五谷丰登的晚秋美景。

　　布依楼的木廊上，谁家的新媳妇正倚靠在窗栏打望着你。而你，似乎是要和别人比美一般，一点一点地袒露出你柔软的美丽。这时候，我多么想竭力靠近大地、靠近温婉的你。我在路途上听见一片片秋草细声的梦语，可是你，只顾着那雨、那雾、那村庄，以及那隐秘的心事，流淌成我心里的河。这一刻，我是怎样的激动啊。

第一辑

仁山智水

　　我轻轻地接过枝丫间飘来的最后一枚红叶,看见那枯干的经脉紧紧地抱着叶子。我想,那些远去的春夏,已经不再回来了。于是我情不自禁转身朝向你,在心里,大声地呼喊我们的母亲。那边的山谷,竟然跌落出一串串细碎的回音,此时此刻,山溪也寂静极了,赶冬的白鹭,也是怕要等到明年的春天才能再步回村庄了。然而,这便又增添了我对未来的许多梦想。

　　走往观望台的路上,我想起你种种的美好。在那柔柔的雨雾里,我看见的不是一览无余的你,而是一个千般妩媚和万般柔情的娘,一个美丽而伟大的母亲。你用那四十多公顷的饱满的乳汁和一百二十五米高的乳房,哺天哺地哺日月。散落在你身旁的百万峰峦,像连绵的海,一浪高过一浪激荡在高原之上。山崖尽头,大概就是云的家吧。山鹰在万峰之间翱翔,一个个孤独的影子,温润着你寂寞的心事。因此,你千年来都不曾感到失落和忧伤。

　　在人群慢慢散去的那一刻,我终于爬到了观望台的正中央。朦胧的雨雾里,你傲立着的女性之美,散发出母爱的无限光芒。那丰满健康的肉身,那柔软多情的曲线,那涤净心庭的母爱,大概就是你的全部关键词。你臂弯深处长大的牛娃,就要上学去了,肩上挂着母亲裁缝好的新书包,正走过你白衣裙下的田埂。在不远的地方,我看见文明的火把已经点燃,一双双如饥似渴的眼眸,像天上的星星一般,明亮又美丽。

　　在离开观望台的时候,我已经看不见那些散乱的草、树、石,却是遇见了满谷山鸟欢腾的歌声,远远地,一阵阵荡了过来。而我,到底是你流落人间的哪个游子呢?我多么想伸出双手,拥抱你那慈祥的母爱。

北盘江的傍晚

　　深秋的下午四点,在董箐渡口选择了船,向江上进发,但,万万料想不到,乘坐了一叶马力最小的旧舟。因此,当我们还行进在半途时,一同出发的另外两叶船,却是已经在返回来的路上了。不过这倒也好,因为,待得我们的船儿从穿江而过的北盘江铁索桥处折转返程,便就是夜色渐渐转浓的傍晚时分了。

　　就在归途里,我站在旧船的尾尖,看江面那泛澜远去的水波,细细地想,远古的夜幕里,江上往来的人儿,可是有着怎样的一种心绪呢。北盘江两岸,是高耸陡峭的崖壁,断裂的山梁,伤痕清晰可见,不过,好在那淡白柔软的雾,似若一朵朵硕大的白蘑菇,贴着断崖悄悄生长、壮大,直至聚合的浓白色全部渗进了那一壁旧时的痛,继而是一阵晚秋的夜风从山梁远处轻轻抹擦下来,白白的云雾跌落在了绿波中央。云和雾,以及沸腾不息的江波,她们的那份坚贞、那份纯洁、那远游的意志,让船尾里的我仰慕不已,她们到底是流浪在大地上的精灵,归宿自在远处的,不若凡尘与红颜之中我们,一路的追随,许多人却在半途灰飞烟灭了。

　　我的身后,依然是来时无心打望的旧景。我总是觉得,去时的风光,自然是只能算作下等的艺术,毕竟,在心里,总是期盼着再好一些的奇景就在下一刻出现,且,始终坚信着,这样的期盼不是假想。我们常常被自己好奇之心所欺骗。而此时此刻,面对着那一大片又一大片的风景消失

在归程的烟波，心里竟横生出了些许淡淡的惆怅来。仰头之间，随时可以遇见一种沁心的鸟蹄声。大峡谷里那些匆忙的影子，随着潮水落入到夜幕背后，夜色不断袭来，时光的巨手，将我们的大地与河流连同我们的身体一起隐匿了起来。隐隐约约之间，那些湛蓝清幽的江水，她们深深地陷落在峡谷里，翻卷的绿波，由远而近，平静了下来，寂寂地，消失在峡谷那端的晚霞里。

傍晚的江风，到底是带有几分寒意的。依然还可以见到船头的那一挂红帆，传来扑哧扑哧的风响。一船以采风为名义的人，紧紧地躲在船舱内的软椅里，或是斜躺着，或是静静地俯首细听涛声，又或是什么都不想、什么都不做，自个儿悠闲地，倚窗打盹儿、做梦。此时，我迎着江风，轻轻推开舱尾的木门，又爬到甲板上，细数那船尾后远去的风景。那些裸峭的山崖，那崖壁上绝处逢生的草木，那草木间翻飞的山鸟，那山鸟落下的啼鸣，大概就是北盘江绝美的风景之一吧。

晚霞，不断碎裂，撕落，转黑。在幽深的峡谷里，寂静的水面上，舟与浪的碰响惊起一群群水鸟，在烟波深处，几缕袅袅的炊烟懒懒的横躺在山腰，如豆的灯粒次第开放。在江岸，闪烁着的亮光倒映在水面，村庄的亮色渐渐漫开。我们乘浪越过打鱼郎的木舟旁，在柔软的月光下，发现一袭红衣荡在水面，摇舟的女人慢悠悠地飘在归家的途中，满船沉甸甸的收获洋溢在粉红的脸颊。江水那边，是遥远的落日和沉沉的山峦。晚秋的夜风，从江面生起，一路狂奔，流落向落日那头。

在北盘江的傍晚，下舟，上岸，然后便是，上车，沿岸攀爬，回家的路，就在脚下。而傍晚的北盘江，远远地，落到山那边去了。

风坡湾

风坡湾在兴义市城南泥凼镇一隅，这湾不大，不特别，不像想象的那么可爱，倒是秀气得紧，灵巧、雄浑，它是一个典型的喀斯特山谷，奇形怪状的巨石遍地滚躺，细而曲的山径缠裹在湾里。湾内的人，慢悠悠地攀爬在山道那端，日落之时赶到家，是他们每天固定的朝向。在不断更迭的季节里，有麦子、油菜花、翻卷的白菜、贴着土地生长的谷米和高粱以及苍翠的瘦竹、鲜红的老枫，和那穿云而下的苍鹰、裸着屁股的放牛娃，在湾里热闹着。

湾里是长满了石树的，这些不长叶的"树"，使我想起许多词，比如光秃秃、坚硬、裸露以及傲气、偏执。这些词语占据了我所有的兴趣，我甚至在想，一座石，它一定是有脾性的。风坡湾的性格，便就是一座石和另一座石构成的。这些词，怕就是那性格的一部分吧。石是这样生长着的，一些肥硕，一些瘦弱；一些高俊，一些低卑；一些是有名字的，一些寂寥沉默。肥硕的喜欢滋长绿草和野花，瘦弱的却是静静地站立在湾里，它们抚养着麦子的根须，连接着谷粱的血脉，它们是苍鹰的家，是孩子们眼里的圣山。那些高俊的石，整日做着攀天的梦想，俏媚的姿势实在不叫我喜羡，倒是那些低卑的和寂寥沉默着的，使我想起湾里那些卑微的或者曾经卑微过的人们来。

何应钦，一个与风坡湾血肉相连的人，他的名字曾经有许多的光环，

第一辑
仁山智水

因而很容易使人想起别人所写的历史,当然,这个名字签印在往日那染满了鲜血的中国和日本停火的簿子里,注定了它在历史的那一页,必定是少不了的。但是,此时此刻,站在风坡湾的石林之间,望着那黄黄的秋景和蓝蓝的天,我实在不想说历史,不想说别的。可是这个名字和这座湾,他们的关系一定非常神秘,这是我多么想弄个明白而又无法明白的东西。此时此刻,我是风坡湾里的谁,谁是风坡湾里的我呢?又是谁的风坡谁的湾,此时此刻依然在湾里醒着呢?在秋阳将落之时,我轻轻走过湾里的石屋旁,听见屋里传来一个声音:山坡是主人是客!

湾还是湾,是更多匍匐在土地上生活的亲人的湾,是生生不息的湾,是我们不得不承认的何应钦的湾。在湾里,众多的湾里人穿过我们的身旁,遍地秀美的石林静候在那里,而我们很容易就忽略了这些本不应该被忽略的人和物,倒是这湾里的何氏人,他留给我们的记忆实在太深刻、太彻底。于是,湾里的何家大院是必须去看一看的,它那恢宏的屋宇和旧时的青瓦以及大院里的长廊、朱红的窗格、黑厚的旧砖,即便已经剃掉了旧时的尘埃,但它们依然沾染着何家人的气息。这种气息不需要阐释,因为历史的旧尘是不需要阐释的。

我在想,风坡湾一定是深深地烙在了一个人的灵魂里的,无论他是戎马军官时,还是寂寂地躲在海峡那岸遥望家园时,他的心里总是有着这座湾的。在晚年里,他一遍又一遍地向那些熟悉和不熟悉的人们说起他的湾,他谈起他的风坡湾时,依然是眉飞色舞,诚诚切切的话语之间,是更多的念想和切望。你不能说这种念想不是叶落归根的表达,他的切望里一定是饱含血泪的。一座湾,能这般深深地让人们记住,以及,一个人能和一座湾这般的相亲相爱,这已足矣。

我们到底是读不懂风坡湾的心事的,我们也不需要把这座湾读得那么清晰,留下一半的故事,让后人们评说去吧。在落阳没静之时,缕缕淡青的炊烟升腾起来,远处的石树,越发的显得高俊黝黑和寂寥,石屋里那昏黄的窗灯，隐隐闪烁，而母亲的呼喊，还飘荡在山径里。

　　我又想起了风坡湾里那远去的"乡巴佬"，他漂泊异乡的灵魂已经回家了吗？这样想着，风坡湾便蒙上了些许淡淡的忧伤！

黔灵湖

　　几抹昏黄的夕阳斜斜地抖落着，穿过对岸那苍茫翠绿的松林，这湖，就像是着魔了一般，一圈一圈地荡出金黄的水波来，白鹭还痴痴地站在那金色的浪尖张望，远处稀稀落落的人影，是这山湖水畔不可多得的风景，足下的肥鱼，在不经意之间舞出水面，像是在眨眼工夫里，别的一切都归于平静，而另外的一切又悄悄开始登台了。这个时候，我不禁想起了过往的人与事。是那些风一样飘逝了的往昔，它助长了我无端的忧伤，只有这样的山、这样的水，以及这样的山水里那不老的故事，才是永恒的。

　　在黔地高原，大抵是有什么样的山，就有什么样的湖水，或者说，有什么样的山湖，就抚养什么样的子孙与民族。黔灵山下的幽谷里，黔灵湖就是因黔灵山而得名的，甚至，黔灵山下这片简称"黔"的生我养我的暖土，多半是与这座山有着前生今世与来生的血亲吧。在这片广袤的大地上，我们的性格、气质，以及血脉，都深深地烙着"黔"印，无论走到哪里，无论远去有多远，我们都无法丢弃身上或是心上的这枚胎记。所以，我常常会感到无比的幸福。黔灵湖，就是黔地高原里历经了半个世纪的岁月留下的一颗水汪汪的吻痕，她是美丽动人的。党的早期领导人董必武有诗

第一辑

仁山智水

011

曰:竞上黔南第一山,老夫腰脚尚称顽。泉清树古叶微脱,寺外双峰峙若关。泉清,大抵说的就是这绿波荡漾的黔灵湖了。一九五四年的大罗溪,在关闸拦水筑湖的那一刻,有太多的人在欢声鼓舞,有太多的期许跌宕在那静静的溪流,有太多太多殷切的渴望在那一溪清流间飘荡。于是,一座美丽灵巧的山湖诞生了。唐人刘禹锡说:山不在高,有仙则灵,水不在深,有龙则灵。黔灵湖之灵气秀美,宛若深闺玉女,天生的一身羞涩美,于龙神造化之间隐约浸出。宽达二十八公顷的湖面,似若一面硕大的魔镜,照鉴着山湖四周的日月星光与悲欢离合。

不是吗?在那些烽火狼烟的岁月里,一些人有意要将五千年的中华民族活生生地撕裂,一些人把枪口对准自己的兄弟姐妹。黔灵湖岸那侧的白衣庵内,就因禁过著名爱国将领张学良和杨虎城将军,长达数月之久。只是一瞬间而已,昔日的仙人住所竟然就变成了铁骨英雄的地域,这其间的悲酸苦痛,谁人可以忍磨得过去呢,谁人又如此的猖獗,猖獗着试图用铁镣捆绑民族的正气呢。烽烟到底是散去了,可是我们的英雄,一生的光阴就耗费在别人设置的牢狱和疆场里了。如今这寂静的湖、这清洁的水、这湖岸上浓郁的绿松,怕是记不得那历史背面飘来的隐隐痛感了。

西岸上巍然耸立的"解放贵州革命烈士纪念碑",肃然、庄重,却清寂,因为碑里的那些名字,他们的血,远远地流淌在书页里,而今的我们,大多都不喜好翻书,那些冷凝的血,到底是要冷凝着下去的。这浸染了英雄血迹的暖土,一代又一代的后人走在越来越幸福快乐的生活的大道上,湖岸上常常飘出他们的欢声笑语,他们的身影在湖水两畔接踵而至,轻轻地荡开这一汪碧绿的水波,这人间全部的幸福就叠映在水心了。不远处的廊桥水榭,绿杨碧柳,亦是无不彰显着黔山秀水的景致。

夜幕来临之后,再美丽的景色也会被黑夜淹没的。所以,当我依依不舍地徘徊在黔灵水畔那山腰上古老的九曲径时,当我听见归巢的猕猴远远地站在树尖望着越发转黑的苍穹发出悲怆夜歌时，我闭上了双眼，用心灵静静地观赏那一湖飘摇的梦。

绿色东山

贵阳东山因林木繁多，一年四季均是绿意盎然，即便到了深秋，绿的颜色一点儿都没有减少，只是显得苍翠了而已，唯独在深冬，白雪落下来，盖在原来绿染的坡岭，便多添了一些白色，又因天冷，人迹稀落，而多添了一些空寂和清幽。

从夏日开始走进东山，毕竟夏日里的东山，方才真正称得上是绿色东山。不用说这绿是如何狂放，但绿得纯正，便是其他季节无可比拟的。东山的夏日，如若一块绿莹莹的珠盘，在城东，静静地躲着。夏日雨水充沛，正是林间草木疯长的季节，漫山的绿，换去了经年的旧色，因而这新鲜的绿，一定全都是新生出来的。山鸟也是从夏季就定居在了东山上的。这个季节，是虫鸟一年中最为操劳的时光，它们开始为上一个季节的恋爱筑巢，继而生子，抚育子女，至下一个季节山果成熟之时，巢里的儿女，便就翅膀硬朗起来了，可以远游了。

从秋天开始，东山的绿，就犹如凝固了的水彩画。因那苍翠的木叶，将绿色深埋于体内，外表露出来的，多是羞涩而宁静的绿意，一点儿绿满山坡的狂放的样子都没有，我当然更喜欢这个季节里的颜色，当然因此我更喜欢秋天的东山。岭间林下的野草，大多慢慢发黄，渐而枯萎、败死，这

是大自然的规律,没有必要见到这般败落的景象就伤心。当然,依然有满径的秋菊,大抵是野生的吧,花朵很小,点点星辰一般,散落在小路周围,也有许多唤不出名儿的花朵,一些见过多次,一些是第一次相遇,我都叫不出名字来。幼时,在山间牧牛,便是与这些花朵和野草相伴,和花草一起唱歌、一起说话、一起哭、一起笑,一日又一日这样过来了。现在,竟然又在城间的坡岭上,我们相遇了,可是却唤不出对方的名字来了,我是多么尴尬,内心的愧疚,一层层叠加起来,我快要没了颜面,再看它们了。哪里晓得,东山的秋,花朵并不比别的季节少,且颜色繁多,在苍茫的山道里,虽柔弱,却无比的美丽,它们给头顶上苍翠的古木,添增了不少乐趣,更是给东山,泼了一地杂色,因而这山岭,看上去并非单调,而是藏匿了不少秘密似的。

当然,秋日里的东山,也是有着秋天必不可少的黄色在里面的,如黄黄的枫叶,再过一些时日,怕就是火一样红了。岭里有不少古枫,枝干粗壮茂密,这秋日一来,那一丛丛的黄、一丛丛的红,就是这些古枫变幻来的。但东山常青林居多,如水松,无论四季如何更迭,它们是一律的绿,且绿得很深、很浓。松枝比枫木更是粗壮,也更为耐寒、耐旱。东山多为裸露的喀斯特岩石,这些青翠的松枝,就是从这巨石深处横生出来的,若青云一般,挂在崖壁那边。秋日里的松树,阵阵的松香从泥石里溢出来,或者从树顶上落下来,整个东山,如同抹了一层香脂,待得你还在山下,尚未入山,可这山野里的香味儿,已经扑鼻而来了。

所以,我总是在想,明末的那个贵阳人君山先生,其少时缘何喜爱读书东山上,大抵与这山的幽香是分不开的,试想,这般清幽的读书之所,能不读出一些读书人来嘛。古书里有对君山先生的记载,说其因读书博广,知识渊厚,故而成为国家栋梁,任浙江吴兴知县,但因心存正义,于天旱之年助民抗租,而慷慨自刎,让人赞佩之时,亦是教人叹息。好在故乡的热心人,念其好学之精神、感人之节义,遂刻石"君山读书处"于山顶。如今东山上,君山读书碑仍是静静地站在原处,鼓舞着一代又一代东山之下的子民们。

东山的冬,是来的特别早的。一千二百余米的海拔上,能躲得过这早来的冬么,看那红黄相间的枫叶,越发经不住冬风的吹打了,一日不若一日多,最后,满枝的红叶都掉落了,剩得一树冷冷的光秃枝条。水松的绿,倒是没有褪去太多,依旧是原来的样子。山林里,鸟群的歌吟依然是清脆响亮的,登山的游客仍是络绎不绝,东山寺里的香火从春天开始兴旺到冬季。善男信女们,心怀虔诚,在山岭间,在冬风中,沿着东岭路埋头攀爬,站在很远的地方,仍可看见游山的行人,猫着腰,气喘吁吁的样子,甚是好笑。站在东山之顶,可见那天边的暗白色,似乎是下雪的样子,冷冷的冬风中,余留的满岭苍翠的绿,已经远远不如从前那般鲜艳了。翻飞的鸟群,是要等到中午时分,冬阳转暖的时候,方才遇得着的。后来我翻读有关东山的诗,发觉这冬日里的东山,唯明人徐以暹的诗写得最好,他说:"东山东望霭苍苍,楼阁峻嶒接渺茫。乍听钟声浮下界,忽看日影挂扶桑。高吟索和松皆友,趺坐求安石是床。乞向此间容我老,便应倚老兴愈狂。"二十世纪五十年代末,开国元帅朱德、陈毅来贵阳,曾登东山,留下诗篇。朱德诗云:"登峰直上画楼台,春色满城眼底开。四面环山成层海,河水清清绕市来。"陈毅诗云:"闲步跑上东山头,贵阳全景一望收。新城气旺旧城尽,不愧雄奇冠此州。"我后来将二元帅的句子与徐以暹相比,发觉元帅虽充满了英雄气概,但却少了一些内敛的东西,更无"乞向此间容我老,便应倚老兴愈狂"的平民气度和悠闲的自我陶醉感。但无论怎么说,先贤们这般优美的句子,这般豁达的心境,这般高超的修志,已让我们无法超越,也更是无法抵达的了,想来无不是后人的一种缺憾。

记忆里,父亲是与我一起登过东山的。那一年父亲因病,至贵阳求医,夜晚借宿在东山下我的同学家里。一日,患病的父亲见得屋后的东山苍苍翠翠的,离家又不远,于是提议去爬东山。父亲病了很久,难得有此好

心境，我立即答应陪父亲登山。走到半山腰，我看见山风里的父亲明显不是当年的父亲了。往日父亲走路起风，上高山，过江河，无不是雷厉风行，但此时此刻，他步履蹒跚，走走停停。快要登顶时，父亲突然说，上不去了，回吧。此后，父亲便再也没有起来，他回到农村老家不久，就去了。

虽然现在，我只要抬头从家里的木窗往外望去，就可看见那绿绿的东山，犹如挂在窗台上的画，但是，只要我想着我的另一座至爱的东山，它已经坍塌了，心便切切生痛。

安龙荷堤

透过一坝壮美的枯荷，我实在不难想象，八月的安龙荷堤，该是怎样的美丽和繁华。赤褐的叶片大朵大朵地跌落在泥上，层层叠叠地铺开去，十余里的堤，只见立满了坚硬的荷茎，若一个举剑备战的疆场，百万兵马大概还少了一点。一支荷，她历经了夏日的荣华后，便就站立成了现在这般勇猛的哨兵的模样，在晚秋的寒风里，干练地拔掉那戴了整整一个夏日的绿帽子，赤身守候这一道荒美的荷堤。

在入堤的路口，我下了车，遇到一群学童，手里提着火钵，可爱的脸庞包裹在高耸的花格子棉衣领里，一串串卷曲的白气从领内哈出。堤上柳，瘦瘦的枝条垂吊在风里。树梢上稀稀拉拉站着一些鸟。

除开那一片赤褐色的枯荷，很远，看不到别的杂物或人影。寂静的十里荷堤上，我像一个多余的人。但是就在那突然间，一声哀啼跟随一个白色的影子跌落下来，像一道光划过。我努力向远天张望，一只落队的白鹭缓慢地向我冲来。天那么低，但远处那么远，一只白鹭在迷蒙的晚秋中迷失，这大概是很容易发生的意外。这只孤独的鹭，它到底是疲惫了，在荷堤那端的木廊上，它把先前飞翔的那一串串影子收集成一个个孤身的小白点，寂寂地，很久了，一直不再起飞。

堤外，有一抹细瘦的溪流从远处寻来，跌跌撞撞的步伐，洗亮了这晚秋的天空。蓝天、白云、青山，在这个季节都是溪流不可或缺的心事。我只好轻轻地徒步漫游，缓缓地穿过水畔的瘦柳脚下，沿着那一路洁净的长堤，探望那些枯瘦的荷。

在荷堤那端的村庄，不知是从谁家，传来一阵阵愉悦的歌声。那高亢的歌声颤悠悠的，是酒后的歌语，抑或又是戏场上难辨输赢的对唱，一句接着一句，一个韵接着一个韵，声声入耳，字字耐听。这晚秋的荷堤，因为这喜乐的歌让我感觉到了彻骨的温暖。

当我走进枯荷深处，发现了一群群采藕的女人，弓着腰，挖拣那满地肥白的藕。这些埋在地里的藕，便是荷的骨血，是荷酝酿了整整一个夏日的亲骨肉。女人们熟练地捡拾着这满地的荷骨，在莹亮的汗水里，我很容易就读出了她们心间的欢喜，这是收获带来的欢乐。

不过，我所看到的荷堤，一直是寂静的。她的欢歌是暗藏在心灵内部的，就包括堤间内采藕女人的乐，亦是及极其收敛地盛放着收获的心花，使我读到的尽是发自内心的真实静景，那深层处的淳明，完全是从一个人纯洁的心灵内流淌出来的。

我轻轻走上往日的望荷楼，放眼回望，看见那满地的枯荷，红得若同一地野火，以燃烧的姿态迅猛挺进。而眼下那一抹悠长的荷堤之上，风间的细柳若同丝发，将原本凝固结板的晚秋瘦景梳理得千姿百态、飘摇不定。在荷堤的两侧，一半是火一般红艳的深秋荷色，一半是滴翠油亮的农家田园，偶尔擦过天空的鸟群，便是这荷景田园之间的红线。我所看见的

第一辑 仁山智水

飞鸟,除了那只被遗落的鹭,神态总是那么快活,在荷堤的丛林之间,一定有它们温暖的家。

我走下望荷楼时,已是暮色苍茫的时候了。我只得偷偷离开了荷堤,因为,这本身是不需要声张的一次心灵的洗尘,一切还是这般寂然一点的好。我这样想着,便就觉得那些错失了的夏日荷堤,以及荷堤夏日里的荷,是原本就不属于自己的风景。这晚秋里的安龙荷堤,实际上已经深深地印在了我心里。

小西湖

贵州第一座水力发电站,就是建在黔北桐梓县小西湖水畔的。那是四十年代初期,为解决当时电力困难,在桐梓县城东北五公里处的天门河上筑堤蓄水,并于堤下建造了水力发电站,在筑堤而得的湖区,仿杭州西湖的部分格局,建有"三潭印月"、"望湖亭"、"放鹤亭"和"湖心亭"等景观,在坝首建有一方形纪念塔,塔上刻有当年主建电站的总工程师、北京大学教授陈祖东的《歌石工》,夕阳西下,塔影横斜,俨然如"雷峰夕照"。因而,人们通常称此湖为"桐梓小西湖"。一九四四年冬,张学良将军被转移到桐梓小西湖囚禁,于是又在湖区增建了钓鱼台。张将军在小西湖度过了两年多的时光,湖畔雄伟的张学良纪念馆,尚存有张学良将军使用过的大量物器。我就是冲着小西湖这般厚重的人文底蕴,踏上了小西湖的圣地的。

不曾想,刚踏入湖区,便听见了水电站的水响,陪游的朋友方才告诉我,那就是建于四十年代的贵州第一座水力发电站,至今依然还在正常运转着,小西湖水畔的十余个村落,就是靠这座水电站提供光明。电站看上去已经很陈旧了,电站两旁,左右两座厢房对应而立,左厢房为机电房,轰鸣作响的水轮机躺在那里一转就是几十个春秋,右厢房是职工宿舍,就是驻守在这厢房里的人们,缔造出了黔地的第一座水力发电站,这些辉煌的过去早已沉入史海,还有那墨棕色的厂房,以及厂房上略显残败的青砖绿瓦,使我们永远也读不懂那苍茫带血的过去。此时的水坝电站,墙体上缠裹着各种草藤;厂房外,几棵参天大树郁郁葱葱,将电站裹在了绿叶之下;电站外面,正是一片绿意盎然的田园风光。

翻过了水坝电站的山背,便是小西湖东畔的金家岩了,这是一壁赤身裸体的喀斯特熔岩。我原本以为黔北的山总是以高、险、峻夺人眼目的,但小西湖湖畔的青山却更多地凸显出精灵秀气,小家碧玉似的,在小西湖四周调皮地探出半个山头,像一群捉迷藏的孩子呢。湖岸上,那浅淡的熔岩反弹着柔暖的阳光,阳光跌落湖心,越发显得这山的翠绿和水的透亮。一阵阵山风从熔岩密缝深处钻将出来,拂向川流不息的天门河,继而又滑到了截河而过的堤坝,穿过堤坝上的石墩,跌向碧绿的湖心,惊醒了无数细碎透亮的涟漪。

我早就按捺不住浮躁的心神,脱掉鞋,挽卷裤腿,涉入湖水浅滩,与这真实的小西湖肌肤相亲了。西子之水翻出了坝堤,穿过堤上的石墩,缓缓地牵走了水中的脚印。它们绕过金家岩脚,时而波涛翻滚,时而静若处子,它们奔涌的方向永远指朝大海,它们是海的女儿。滑过湖水浅滩的时候,我是不敢打望湖水里的蓝天的,我知道我捧不起湖心里属于别人的苍穹,倒是那一壁赤身裸体的金家岩,牵来了我回想无限的余地。这金家岩,原本是一座美丽的村庄,寨子里的金家人,最初是为了躲避那纷冗残酷的战火,方藏身于这峭壁悬崖之下,然而历史的战火到底是燃烧到了金家寨。

相传为石达开旗下的太平军在转战途中与据守此寨的旧势力喋血苦战，太平军攻破了寨门，夺下了金家寨。我不知道此后的金家人，到底又是以什么立身的呢？历史啊，就这样在苍茫的世事里化身为尘，留给后人的，只是数不尽的遗念或猜测。

我逃似的爬上湖岸，攀缘在岩溶之上的人工栈道，此时，我方才发现，裸露在我眼前的，竟然还有两块隔河相望的巨石，石身之上，悬吊着一张木牌，书曰"夫妻岩"。这恐怕是一对战火中失散的夫妻吧，他们将有血有肉的身躯化作了永远的传说，即便是隔离了一条幽怨长叹的河流，即便是倒身于刀枪相夹的疆场，也要让前生后世的结发之情凝固成石。难怪如今的金家男女，是那么珍惜人间至真至上的爱情，他们骨子里流淌着的，依旧是来自祖先那一脉传承的坚贞！

沿栈道攀缘而上，可听得见足下的山风穿过脚底的声响，可看得见身后那翻堤而涌的湖水追随着渐入天境的人影，穿峡破谷而去。走到了栈道末端，便看见一水神石雕树立于那天门状的洞顶，这便是小西湖东南侧的天门洞了。站在洞顶极目远望，美丽的小西湖似若一块碧绿无瑕的珍珠，寂静而平稳地点缀在天门河上，只见湖岸那摇头摆尾的杨柳苍翠欲滴，还有那座卧碧水湖心的湖心亭，那倚湖而立的放鹤亭，那直指蓝天白云的纪念塔，那围绕在湖畔四周稀稀落落的金家小楼，那穿梭于小楼与湖畔两岸的金家子孙，那肩撑粪担怀抱幼童手赶鹅鸭归家的金家媳妇，那放牧归来穿着开裆裤骑在老黄牛背上的山娃……一切尽收眼底！这又是一幅怎样美丽绝伦的山水画呢？当我们观望这画中之画时，我们也成了别人的画中画呢！

夜幕降临后，小西湖水畔的村庄里，灯光闪闪，若同天上的繁星一般美丽。

香纸沟

　　既是沟,固然并非很大,与其他山沟大体一致,无非就是沟里有溪,有散落的村庄,长满沟地喜爱生长的植被,如此而已。但位于贵阳城东新堡布依族乡的香纸沟,却是有其独特魅力的,如:香纸沟是与纸有关的沟,并且,它们之间的这层关系,究竟已经发生了多少年? 究竟是什么,让它们的关系一直维系至今,牢不可破。我想,只有沟畔沉默不语的莽莽苍山,最是心知肚明。

　　我们打马进沟时,遇见许多着一身紫蓝服饰的当地人,走在暮春的山风里,洁白的头巾微微卷起,露出半个脸庞来,远远地就可看见,那红嫩的容颜是怎样让人心动不已。这就是香纸沟里的布依妹子。拉马的男人劝我们歇一阵子,说是白水河到了。实际上,这哪里算得上河,这般细瘦的山涧,只要稍微在跳远运动上有点能耐者,轻轻一跃,便可跳到水畔那端去了。但这涧水,实在蓝得可爱,就连水底刚破卵而出的仔鱼,大抵都可细数出来。水岸上的青竹,翠翠的、莽莽的一片,倒映在溪水里,越发的浓翠了。水流沿沟谷地势缓急而或疾或慢,在落差偏高之处,便形成一块块瀑流,白花花的水浪,荡起一阵阵碎落的涛声,在沟谷低处,走很远了,仍还听得见。

　　沟里的人,就是在这瀑流之下的水畔,修建了连片的造纸坊的。木坊外边,水车轻快的吱吱声此起彼伏,木筒上引过来的溪水,缓缓地流进了

第一辑 仁山智水

造纸坊内的水池,一会儿就被冲洗的竹屑,染成淡黄色了。男人脱了上衣在坊间劳作,黝黑的背脊,布满了汗珠子,像雨点,刚刚打过身上。坊里的一端,堆满了鹅黄色的新纸,整整齐齐地码放着。许多烂旧的石碾,废弃的木槽或筒,一半身子埋在的溪水的泥沙里,另一半,没在浅水中,或是裸露着,长着绿绿的青苔,蝴蝶和蜻蜓,争相在上面翻飞起舞,可爱至极。

沟里也有不少废弃的造纸坊,冷清清地,站在山风里,但透过坊间废弃的旧具,仍可猜得出,此前这纸坊亦是一种怎样火热的劳作场面。光背的男人朝我们憨憨地笑了笑,说,这造纸营生的活儿,是不好做的。他说从伐竹、破竹、蒸竹、沤竹、水车碾竹、竹帘抄纸等,细数下来,有七十二道工艺流程。这光背男人和我们交谈时,是没有停下手中的活儿的。他仍只是憨憨地,甚而显得有点得意的样子,嘴角露出深深的笑沟来。很久,方才取下耳背上夹着的旱烟,择一块旧石碾坐了上去,吧嗒吧嗒地吸起烟来。

沟谷里的南静山下,有一座寺庙,名南静寺。寺碑记载,南静寺初建于明朝洪武年间,至今有五百年的历史,历经了多次兴衰毁建。我是不太信奉神学者,除了对山光水色有较大兴趣外,对庙宇是提不起观赏的雅趣来的。但见得这沟谷里,村人们竟拥有这般恢宏大气的一块精神寄托和安抚之地,倒是让我无比惊讶起来。不过仔细想想,便可发觉,这千余年的沟谷,为何这般清寂,世世代代的沟里人,为何守着这一沟山涧水,延续着祖先造纸营生的活儿,且是继承得这般完好。这大抵与南静寺有着密不可分的关联。宗教,有时候真的是可安抚性灵的,香纸沟里的信徒们,一定对此深信不疑。

许久了,香纸沟的造纸坊,一直在我脑海里挥之不去。有人说香纸沟又叫湘子沟,是造纸术鼻祖蔡伦的后裔从湘地逃逸至此,世代相传而来。但我读《后汉书·蔡伦传》发觉,蔡伦虽有能耐开创了我国历史上宦官直接干预国政的至上权力,但其仍只是官至中常侍,仍为太监,何来后裔之说呢。这会不会是历史跟后人开的玩笑呢。

杜鹃湖

这湖原本是不叫杜鹃湖的,这里原先也不是湖,而是一条细瘦的名为猛坑河的山野小溪,因筑坝修库,以满足小河下游十余万民众的饮水安全和数万亩的农田灌溉任务,方才得了这湖。起初,当地的老百姓一直都以猛坑河的名字称湖为猛坑水库,但没过多久,那环湖七十余平方公里的喀斯特典型地貌的幽谷和山梁,竟然漫山遍野长起了杜鹃来,每年三月初至六月上旬,杜鹃花怒放似火,染得满山红艳艳的。那美丽的花儿倒映在一湖绿幽幽的碧波里,实在是漂亮极了。

尤其在湖区的入口处,竟然满坡都是杜鹃,很少有别的杂树和草木,且单在这一个山坡上,竟然就有二十余种花色各异的杜鹃。在这一坡庞大的杜鹃家族里,以马缨杜鹃、炮仗杜鹃、映山红、吊钟杜鹃、照山白杜鹃最为妖艳美丽。花朵的颜色或为大红,或为粉红、紫红、淡红,甚至还有淡黄色、白色、白红色混合的,杜鹃树亦是长得比别的地方粗壮、高大。人们便给这山坡取了一个非常柔媚的名字——花山。在猛坑河还没有筑坝成湖之前,花山上便已零星地长着少数杜鹃,只是这里的土壤实在太干燥,土层实在太薄,杜鹃长势一点都不好,固然花朵开得少。然而,湖建成后,这杜鹃,便是一年一个模样,慢慢地茂盛了起来,繁华了起来。每年春暖

花开之际,湖区周边的各族青年男女们,是要汇聚到花山上来游玩的,他们除了观赏这遍山的杜鹃花外,最主要的是到这山上来对歌。他们对歌时,接不上来的,是要受到惩罚的。不过,惩罚的方式各式各样,或是回去给胜利的男人们洗一次衣服或做一次饭,或是给战败的妹子们的屋里挑一担水、送一挑柴,如此种种。姑娘们还在花山上丢花包,她们纷纷将手里的花包向男人们那边抛过去,任凭男人们去争去抢,抢到花包的男人,方才有资格与妹子们搭讪、聊天、套近乎。反正,不管对歌还是丢花包,目的只有一个,那便是寻找自己的意中人。

每年春天,杜鹃湖的花山便就成了青年男女们的恋爱岛,成了他们对歌的歌场。他们那飘荡在花瓣里的歌声、笑声、打情骂俏声,与杜鹃花下山鸟们的歌声一样,是动听的、悦耳的、清纯的。花山下有一个叫"罗温"的布依古寨,寨里的女人们天生丽质、丰满漂亮。我猜想,她们的美丽一定与杜鹃湖的水密不可分。一方水土养一方人,古人的话一点儿也没有错。更奇怪的是,布依语的"罗温",汉语翻译则为"唱歌"之意,这与杜鹃湖的花山太相吻合了,难道是上天注定的巧合吗。

郁郁葱葱的杜鹃湖库区里,长达十四华里的水路两侧,分布着百余个观光景点。从杜鹃湖坝口四十余米高的人工瀑布往里数,便有明清战地遗址营盘坡,有建文皇帝结草为庐的和尚坡与望云楼,有龙头山百亩水上森林,有望龙塘的夜月美景,有卧龙山与龙王庙的仙气,有小石山上的清朝官员但家坟等。这些看点不一的景致,统统倒映在了杜鹃湖八十八万平方米的湖面上。杜鹃湖就像一面硕大的镜子,每一日、每一季、每一年,都照着杜鹃湖的一切变化。一切的变化(或者说是变故)都是含有阵痛在其中的。位于杜鹃湖水中央的和尚坡孤岛上,便有一段让人难忘的历史故事。

距杜鹃湖东北岸不远处,有一座叫白云山的大山,《明史纪事本末》和民国《贵州通志》记载,明朝建文皇帝朱允炆在一四〇二年的"靖难之役"中,从南京地道中逃出,后由滇入黔,望此山白云而止,在此山结草为庐,削发为僧四十余年。建文皇帝到白云山不久,闻得猛坑河畔有和尚坡美景,便常常到这座坡上来游玩,并于坡顶修建了寺庙,供人们打坐和诵念经书。和尚坡的名字,由此而来。但我总是觉得,这位远远不及其祖父朱元璋那般喋血疆场的皇室后人,他的脾性到底是其父亲朱标遗传下来的,是那般文弱,那般忧郁和胆小,他的骨子里有太多儒家精脉,而缺少了统领江山的君王之气。当这个生性柔弱的皇帝的二十三个皇叔(史料记载他有二十五个皇叔,第九和第二十六叔早逝)金戈铁马向他杀来时,他大抵只有狼狈出逃削发为僧而苟全性命的。好在杜鹃湖的和尚坡没有嫌弃他,接纳了他,也好在这坡下的信男善女们没有对这个流亡的皇帝产生半点歧视或仇恨,而是给予了他皇帝的尊严。

如今的和尚坡,坡顶上依然是庙宇高耸,建文皇帝的巨幅雕像依然静静地安坐在庙里,他手里的念珠,一颗一颗地滑过手背;他脸上的慈颜,早已看不见往日的悲伤。我想,除了和尚坡山下的子民们,恐怕再也没有别的人能够读懂往日那流浪在荒岭里的皇帝了。"牢落西南四十秋,萧萧白发已盈头。乾坤有恨家何在,江汉无情水自流。长乐宫中云气散,朝元阁上雨声收。新蒲细柳年年绿,野老吞声哭未休。"每当后人想起他写下的这些诗句,一种悲怆的酸楚和淡淡的愁绪不禁涌上心来。这些,倒是让我无比地怜惜起建文皇帝来,不,我是哀念起了一个王朝流逝的背影。

杜鹃湖的帝王之气,就是这样来的。虽然这股气息,总是使我忧郁的心结越发纷乱。不过这倒也好,毕竟这静美的一片湖,到底是要让人横生出这股纠缠的心结方才更为合适的。我甚至猜想,和尚坡上,往日的建文皇帝,一定是料想到了猛坑河的大美,就是今日杜鹃湖那盛开在水上的繁华景象吧。

在杜鹃湖库区的尾部,小石山上遍野怒放的杜鹃花,也是让人流连忘返的。那一丛丛鲜花掩映的山梁深处,便是远近闻名的清官墓地——但

家坟。这里葬着的是清朝时期翰林但钟良、中宪大夫但淑行、但彬,以及几代但氏夫人。这些清朝的官员们,都是杜鹃湖北岸夜郎古镇广顺镇的前贤,他们同是往日那猛坑河畔的孩子,他们一定是对这条河有着切肤的眷恋,不然,就不会将杜鹃湖内的小石山当作生命最后的归属地。小石山上,杜鹃花开了又谢、谢了又开。我宁愿相信这些美丽的花下,一定有前贤古人踏浪猛坑河远去的影子,这些花,一定是被前人赏识过的,它们一定是前人留派下来的美丽使者。

湿地里的雨

高坡苗寨

　　高坡属贵阳市花溪区辖地,距花溪三十一公里,为喀斯特熔岩地貌。保存完好的古老民族风情、奇特的高山地貌和旖旎的自然风光,共同组成了高坡独特神奇的景观。

　　在高坡,随处都可看到地垒式岩地隆起的山谷,四周峡谷深陷,中间隆起即为山。如高坡石门苗寨,寨门敦实古朴,入门攀山,绝顶处面西,脚下万丈深渊,可远眺花溪、贵阳城区。在石门苗寨里绝壁巨石上,有双钩摩崖石刻"永镇边夷"四个大字,为明朝统治阶级镇压苗族先民的历史见证。又如十余公里的高坡红岩冲峡谷,处处可见悬崖峭壁之景,崖壁之上,多有灌木丛生,石藤纠葛,猴儿嬉戏,飞瀑悬挂,流水潺潺的大美景致。不仅若此,还可于林中频见大红羽翼的锦鸡,可听得相思鸟满肠幽怨的争鸣之声,而整个峡谷里,茶花、杜鹃、映山红相映成趣,美妙至极。

　　到高坡,行完"之"字路,登悬梯上谷南顶,便是高山平地,依山而建的布依扰绕寨,静静地耸立于此,已有数百年之久了。好客的布依人迎候寨门,唱起迎宾歌,敬迎宾酒,那场景浩浩荡荡,宛若一出古典剧。布依族席上多礼俗:酒壶、匙筷、条凳,均以红纸封贴,须唱罢启封歌,方可动筷子。席间又是赞客歌、古歌、酒歌、四季排歌,主唱客和,喜气洋洋。而桌上菜品,绝非当今都市的豪华餐馆可以比拟的,其多为红米饭、糯米酒、酸菜豆汤、血豆腐,为地道民菜,却非常诱人。扰绕寨北,山色墨黛,山腹多有溶洞,因而地下古河道非常发达,横穿南北。寨中河道中央,有一垂直山洞竖立向上,洞中有石梁横亘,形成"天桥",雨中的天桥,若彩虹般,挂在山道那端。由此过桥,右上百十步,有一大厅,高近百米,幔石帏倒悬紧贴洞壁,帏叶厚达十多厘米,相间也是十多厘米的样子,色泽乳白晶莹,以物轻击,不同帏叶音阶各异,整个洞厅回音不绝。厅内石笋林立,中有一巨株,数十米高,白皑皑一层层直往上叠。厅下有一"谷",俯视谷中,有石如河马、如神龟、如海豚,皆数万年所滴岩浆之积成。多处地上石笋和洞顶下悬的石钟乳或已接连一体,或距咫尺就要相接。有一处,已经相连成玉柱,不期地往下移动,玉柱中折,成两截错位分离,让人心生痛惜之感。

回过天桥,北穿山外,红岩峡谷即在脚底。谷深四百余米,高处俯瞰,全谷尽收眼底。满谷浓荫滴翠、云雾缭绕,林中茅舍几间,樵歌在谷中互答。循半山石径一里许,山巅上有克蚂塘寨。寨后有溶孔石林。其石空灵剔透、墨青若黛。有一巨石,如笔架状,又似鸡冠。其形上大分为两岔,下小有如神龛之基座,凸凹相吻。四周空悬,风吹动摇。青峰石林下有一窟,大股泉水汩汩而出,约出三十米即跌落下岩,形成飞瀑,水花四溅,瀑流跌宕,声震山谷。瀑岩空凹如檐,瀑布后便是水碾,咿呀有声,极富情趣。观瀑布,看水碾,览峡谷,在布依人家喝米酒,其味无穷。

高坡园苏寨更是奇石相依,四时翠柏与墨青石林相间,穿越形同迷宫,情趣横生。而在竹园苗寨,远视绿丛点点,近观楼台飞檐,青瓦白墙绿树。寨外有虎场,为斗牛之所,七月逢寅,山民牵来"角牛",抵角相斗,观者成千上万。过虎场,行三里到云顶草场,广袤缓丘,无边无际。草丛中,山鸡振翅,狡兔寻窟。跨烈马,搭弓箭,游猎围狩,其乐无穷。山顶有"天池"如镜。池中鸭鹅成群,白鹭点点。苗寨竹园草舍,苗女舂碓、推磨、筛米、簸糠、绩麻、织布、刺绣、缝纫,自种自制,自用自食。山巅云雾缭绕,时卷时舒,缥缈如有仙人居住。夜晚,篝火熊熊,或烤一腿野兔、山鸡,或歌

一曲先民古调,赤足蹈木鼓舞,放量喝牛角酒,使人顿忘境外的尘嚣。

位于高坡场南面的水塘大山,为喀斯特典型山貌,其山大而腹空,溶洞颇多。山南面有出水洞,洞洞相连,洞中空旷,大厅紧连,遍地石笋石幔石钟乳;人力所造有洞口石径、石屋、石灶、石厕。洞深处有地下暗流汩汩而出,古代苗民住洞内,洞口石墙工整深厚,拱门筑实,门墙上有巡视台、望孔、射击眼,石门、石柱、石槛、石枢,古朴粗犷,为数百年前先民御外敌所修的地下洞堡。逢外敌入侵,避入山洞以守为攻。下出水洞,临摆弓岩,峡谷深陷,天开一线,自东向西有流水跌宕而下,形成数十米高的梯级瀑布,奇险惊人。崖畔山茶争艳,杜鹃丛丛,谷底卵石若洗。摆弓岩峭壁上,遥遥可见悬棺,高不可及。

出谷入寨,进杉坪苗村。宾客来临,寨中族长率青年男女着民族盛装迎候于寨门。待得客人进寨时,铁炮、鞭炮、唢呐、长号、铜鼓、长鼓,一齐鸣响,在一派热烈的气氛中喝下盛满浓情的牛角酒,宾主同乐,跳起欢快的芦笙舞。午间的长桌宴,是一定要吃的,就着那香喷喷的民俗小吃,交杯对饮,好不心欢。劝酒声、歌声、嬉闹声,沸沸扬扬欢腾整个寨子。杉坪寨南去两公里,岥林村有"龙凤洞",山空似壳,洞在山中,地下暗流穿山过洞,此处溶洞分两层,上层发育成熟,有打鸡洞奇景。下层溶洞,更是空洞无比,水流其间,时急时缓,急湍处如野马脱缰,平缓处则风平浪静。水有深浅,或没膝而过,或深不可测。寨中山民,一般是欺山不欺水的,他们爱水、敬水,如若爱惜自己躯内之血。当然,所谓的欺山,无非就是心志之上的事情,并无破坏乡村生态的心意。

高坡之南,为喀斯特峰林地带。山间公路蜿蜒曲折,时左时右、忽东忽西,迂回在大自然布列的迷宫之中。古屯堡,乃是先民御敌之工事,筑于山巅,保存完整。古堡选东西两向建造山门,石拱门对开,两门地势险要,封住山顶独路,万夫莫开。东西地势稍缓,因设二重门。堡内石径、石屋、石桌、石凳、石床,一切自然天成。西巅极顶,坐西向东巨岩上生出一个"大王洞",洞壁烟熏,斑斑人迹,为领头寨王所居无疑。住石屋、吃烤鸡、喝缸酒、鸣角号、搭弓箭、放土枪,古堡寻幽,情趣绵长。屯堡东去两里路,有溶洞干燥空透,内中陈列棺木百十具,置于特制木架上,整齐有致,为苗族寨民死者安息之所。

同为蚩尤之后,每一次到高坡,我均能闻到家的味道。

云雾山

云雾山是白云区最高峰,也是贵阳第一高峰。其山势独特,云蒸霞蔚,峰秀林茂,气象万千。其间有迁杆菁大峡谷、少乳峰、黄牛洞等可供人游览的景点。这些景点群峰鼎立,层峦叠嶂,沟壑纵横,怪石嶙峋,集石山、峡谷、峭壁、溶洞、跌水、钙华及喀斯特森林于一体。景点之间的峡谷,溪流蜿蜒,古树成林,翠竹青青,植被茂密,自然风光十分秀美。

云雾山以坡陡谷深,峰峦起伏为其特点,其主峰海拔一千六百五十九米,方圆四百七十余公顷,整个云雾山系总面积一千二百余公顷,登高云雾顶峰,极目远眺,贵阳、金阳、白云城区尽收眼底,新埔、水田、都拉、牛场等乡镇一目了然,给人一种"会当凌绝顶,一览众山小"之感。从山底到山顶,气候类型多样,有年年岁岁花相似、随处美景各不同的妙处,云雾山年均气温十三点五摄氏度,历年平均最高温度二十五点三摄氏度度,平均最低温度四点九摄氏度。深秋入冬时节,山下或城区还是阳光明媚之时,山上已是白雪皑皑、雾凇挂枝头,成为贵阳市雾凇观赏的胜地。

云雾山麓培育了形态万千的沙姥河流域及四周众多河流、水库,养育

了白云、乌当两区的牛场、都拉、水田等乡镇各族儿女,孕育了方圆数十平方公里的良田沃土。云雾山麓居住有布依、苗等少数民族,民风淳朴,民族文化底蕴深厚。其主要分布在牛场、都拉、水田等乡镇的二十余座寨子。布依族人民勤劳、质朴、热情、好客和智慧,其节日繁多,非常注重礼节礼仪,形成了丰富多彩的民族文化风情和习俗,各种礼节礼仪或是婚丧嫁娶等活动几乎都能用歌唱的方式表达和进行,"以歌明理、以歌传情、以歌代言",蜚声省内外的布依主题歌《好花红》最为典型,《桂花生在桂石岩》、《三滴水》等布依歌曲经久传唱,曲调清雅、意境优美、婉转动人,尤其是布依人即兴和词、对歌堪称一绝,最能展现布依人的智慧。布依人过春节、"三月三"、"六月六"、端午、七月半、中秋、重阳等节日,独具布依韵味的算是"三月三"、"六月六"和"七月半"了,届时布依人家走亲访友,汇集歌场,原生态古歌、布依情歌、布依山歌曲调悠扬、曲词多样、热闹非凡,一片歌的海洋、布依盛装的海洋,是不可多得的盛会,游人如果好运气,赶上布依婚礼,还可零距离感受、体会布依人结婚迎宾拦门洗尘、开财门、酒歌、放令、逗元宝、放客等特别喜庆、引人的仪式,那甜蜜煽情的歌、那醇香的米酒、那传承完整的礼仪、那重情重义的布依人,斯情斯景,无不让人沉醉,定会叫你欲去还留。

云雾山脚连接牛场乡石龙村、兴家田村至水田镇董农村之地沟,峡谷地峰,秀美壮阔,青翠欲滴,溪水潺潺,鸟鸣涛啸,乃一处世外桃源。该地建有千杆箐水库湖泊、碧波荡漾、湖水清澈、鱼鸥翱翔、竹帆点点,蓝天白云绿树倒映,湖天一色,不知是湖在天上、还是天嵌湖中;游人赞叹:"不是小七孔、胜似小七孔。"但云雾山之美景,多集中于山下牛场乡,如牛场白岩寨后山的观日峰,是除云雾山顶峰外的第二高峰,游人登顶,四周百十公里外群山、峡谷、奇峰、湖泊、村落、炊烟、牛群若隐若现。登临观日峰顶,神清气爽,看红日东升西落、释放豪气干云、俗尘宠辱偕忘。白岩寨旁边,貌若一巨型山体蹲座石蛙的石蛙之景,其山状似鬼斧神工,巨嘴大张,气吞山河,摄人心魄,其跃跃欲试之态,神气活现,令人驻足流连。该寨中的有红豆杉,树高十余米,树冠茂密,树腰寄生有常绿植物树种,其主干足够三个成人合围。承载了千年风霜的红豆杉,生命力旺盛,是贵阳市少有的奇绝珍稀树种,另外,寨中千年古银杏,一雄一雌相距百米,树高皆十余米,树冠均覆盖七十余平方米,主干皆有四人合围之粗,两树在村口交相辉映,长相厮守,不离不弃,并长年无私地护佑着一方百姓,年年丰收,岁岁平安,当地百姓奉为神树,敬若神明。又如牛场大林村斗府寨旁边的水牛洞、黄牛洞、响水洞等景点,可相互贯通,洞内钟乳石千姿百态、洞中凉气袭人、水流长久不息、碧潭沁心、深不可测,是休闲纳凉的最佳选择地。位于大林村后山的后龙坡,连绵起伏数里,放眼望去,一条由原始森林带组成的巨龙,驾临山巅。山林之间,一条简易游道沿着后龙坡蜿蜒至瓦窑村后山草坪,是游人开展定向越野、拓展训练及露营的好去处。

云雾山及其周边是贵阳市的自然之乡、风筝之乡、生态之乡、布依民族风情聚集之乡,其山下的贵阳北郊水库还是贵阳城区用水之源,被贵阳市民形象地称为"贵阳的大水缸"。云雾山还富集铝铁金属矿、煤矿和大理石矿等资源,当地流传民谣云:"头顶云雾山,脚踏祁山河,谁人识得破,金银用马驮。"

桃源河

贵阳市修文县六屯乡,一条名为桃源河的绿水,已经流淌了数十万年。该河流属于长江流域乌江水系的支流,如今已被开发建设为集漂流、

冲浪、观光度假为主要内容的旅游景区。景区面积约十六平方公里,其集湖、山、河、泉、瀑、峡、化石等各种自然生态景观于一体。景区内植被繁茂、空气清新、鸟语花香。

六屯又名疙蔸堡,有着悠久的历史。明初建立贵州前卫,卫在边境驻军,以卫领百户所为单位,每所置一屯堡,以防土司肇事。进义校尉何济川,因功封百户,驻守贵州卫,在洪边十二马头与贵竹长官司接壤的疙蔸地方筑堡屯兵,监视水东宋氏的行动。此即今六屯之"屯"的来历。一九三五年四月三日,中央红军长征从息烽安马桩出发,过疙蔸堡经大木、桃源取道开阳小田坝出六屯乡境,在乡境的长田、大木、桃源等地宿营,杀富济贫,开仓放粮,在六屯这块土地上播下了革命的火种,至今,桃源河畔的大木寨民的木楼壁上,红军留下的标语仍清晰可辨。

如今细细想来,这样的红军标语,是有耐人寻味的意义的。一九三四年年底的湘江血战后,中央红军主力损失过半,在危急时刻,毛泽东力挽狂澜,指挥主力红军避实击虚,向敌人兵力空虚的贵州开进。红军进入贵州后发现这里的穷人特别贫困,被形象地称为"干人",因为他们的血汗已被各种苛捐杂税榨得一干二净。所以,红军所到之处,到处都是向他们求乞的"干人"。这些"干人"一个个衣不蔽体,骨瘦如柴。此情此景震撼了每个红军指战员,许多人不禁掉下了眼泪。红军路途,遇到一位六十多岁的老婆婆和她的小孙子寒冬里仍穿着补丁摞补丁的单衣,奄奄一息地倒在路旁。红军指战员们立即围了上来。此时,毛泽东从后面走来,见前面围着很多人,急忙问发生了什么事。一位红军战士答道:"老妈妈说,她家一年收的粮食全被地主抢光了,她儿子前几天也被国民党抓了壮丁。她没有活路,只好和小孙子四处讨吃的。"听到这儿,毛泽东已是热泪盈眶。他当即脱下身上的毛线衣,又叫警卫员拿了两袋干粮,连同毛线衣一起送给老婆婆。他蹲下来,亲切地对这位已经绝望的老人说:"老人家,你记住,我们是红军,红军是'干人'的队伍。"此佳话一直在黔地流传,生长在桃源河畔的百姓，几乎人人皆知。

在桃源河峡谷，蜿蜒连绵的桃源河贯穿其中，河水清澈见底迷人。数十万年地壳变迁形成的奇峰、峭壁、飞泉、怪石、幽林令人叫绝。宽四十三米，落差四十八米的桃源河三道响梯级大瀑布，叠瀑潺潺，响水惊天，气势恢宏，可与黄果树瀑布媲美；珍珠滩、犀牛潭、玉女裙瀑布风情万种；古生物化石群，再现亿万年前的海洋生物画面；河缝地下奇观，堪称喀斯特地貌一绝。桃源河五公里的漂流河段，落差一百七十余米，漂流的起点为桃源河大瀑布，宽四十三米，落差三十八米。终点为瀑布底端，全长二百一十四米，根据三级瀑布地形，漂流由三个段落组成：第一段，洞渠长六十八米；第二段，峭壁导渠长七十二米；第三段，架空滑槽，长为七十四米，漂流时间为两个半小时。在漂流河段，河水时而湍急时而平缓，此起彼伏，是漂流探险的绝佳场所，尤其以穿洞悬壁的魔幻漂流更为匠心独具，为国内首创，有"黔中第一漂"之美誉。

夏日湿地里的雨

我在贵州大学上学那些年，学校对面是连片的湿地，但凌乱至极，可观赏之景，即便有，也是藏匿在河滩深处，因滩险、水深、路窄，而少有人问津。可如今，美丽迷人的花溪国家城市湿地公园，就是在这样的荒滩上打造出来的。我特别喜欢夏日里的湿地，在迷蒙的夏雨中，若隐若现的样子，多像那羞涩的少女，半掩着面，让人见不得全貌，只好浮想联翩。

第二辑 湿地里的雨

　　每到夏日，穿园而过的花溪河，溪水被太阳炙烤得日渐枯少，只见得溪里的石块一日比一日裸露，零零星星地，就只剩下那些河床低矮的水凼凼了。孩子们光着小屁股，到处寻着那些可以浮水或打水仗的浅水凼，可这样的水滩越来越少了。就在这个时候，一场夏雨突然降临，那干裂的心，顷刻间便潮润了起来。

　　远远地，看着那雨就要下到面前来了，女人逃了命似的，躲回了家，而那些胆大的男人们，是不怕雨的，他们是不会躲这雨的。心想，下吧，润一润这枯干的眼睛，淋一淋这汗津津的身子，洗一洗这湿地里沾满了焦热阳光的叶木和虫草，呈现出一派湿漉漉而温暖饱满的梅雨气象，散发出那泥土的本色与芬芳来，那样更好吧。此时的雨，摇摇晃晃地，从花溪公园上游飘落过来，先是细细密密的雨丝，薄薄的白布一般，飘荡着，而后是越发大粒的雨点，碎得满谷子都涨满了雨水。在雨中，静静地停下来，撑一把红伞，给心爱的人儿讲一段故事。这是最安全的时刻，除了身边的心上人，没有外人可以偷听到彼此的秘密了。或者，一个人，逆风，一路欢快地疯跑一段，而此时此刻的雨，最好没有停，泼洒着，沾打在风雨里的男人身上，沿着背脊，流淌。这是多么快活的雨沐啊。湿地不远处的上空，还飘起了一条美丽的虹。紧绷已久的心弦，终于因了这一场夏雨，松了，快活了。湿地里的一些菜农，是闲不住的，这夏雨尚未停歇好，便抢上耙扫、戴上斗笠、穿好蓑衣，急匆匆地出了门，望秧田水去了。长在湿地河畔的娃们，实在是憋不住了，冲出了屋，跳进水滩里，洗起烂泥澡来。

　　不远处的大将山山垭里，就只剩下几抹淡红的云了。雨，渐渐地息止了，许多白鹭，从云的那端窜出来，低低地掠过那弯弯扭扭的绿草地，呜哇呜哇地欢闹着，飞回了家。湿地水畔的几个村姑娘，或者是少妇，提着一篮满满的衣服，径直朝溪流的方向走去。她们名义上是要到溪里捶衣，捶着捶着，见得天色越发暗黑了，四周却又是静悄悄的，只剩下那幽幽溪涧的浪涛，便禁不住退去了短裙，取下头上的发髻和红头绳，脱去了衣服，轻轻地摸到花溪河里游了起来。

夏日里的雨后湿地，夜里总是可以看见那轮皎洁的月亮，似乎是那雨，洗净了蓝天白云之后，这月，便无处藏身了似的，干干净净地，点亮了漆黑的夏夜。月光穿过花溪河畔的老柳枝，泼倒在溪水里，映得那水里的女人雪一样白净。大致晚饭后，周边村庄的男人，一茬又一茬地闲游到湿地水畔来，在女人们的下游河段，纷纷跳进水里，或是欢叫，或是默默地相互擦着背。而溪的上游，女人洗衣的河段，虽有女人尖嫩的声音刺下来，但男人也只得远远地望着。一些腥臊的男人，把手掌卷到嘴边，轻轻地问：喂，上面有人吗，有人在洗衣吗。久久地没有见得回应，便怒了心一般朝女人们喊：上面有人没，有人在洗衣没。声音洪大而响亮，可是还是没有听见有回答。心粗的男人们放言，要到溪的上段游泳，女人们听得男人要上来了，便连忙应了声：有人的哩，就不见你家大姐在这忙着捶衣嘛。一边说一边上了岸，穿衣，把屁股朝了河的下游，捂着胸，小心翼翼地，生怕男人见着了似的。

夏雨里的湿地，竟是这般美，但是，胆小者、懒步者、惧怕风雨者，是不会见到这般大美之景的。陈毅将军有诗云："真山真水到处是，花溪布局更天然，十里河滩明如镜，几步花圃几农田。"二十世纪四十年代初，我国著名作家叶圣陶在大将山下的花溪河畔也写下了这样略带愁滋味的大美的诗句："五年彼此西南寓，颇异寻常愁寄旅。无多意兴作清游，却借情游聊唔叙。瀑流写玉辟延仁，稍爱麟峰能秀举。良云草草亦难忘，一夕花溪同卧雨。"因而我想，这湿地的真正乐趣，是早先就被前贤们发觉了的。

第二辑

湿地里的雨

秋日里的红枫湖

清镇市郊的红枫湖,坐拥青溪两岸层叠连绵的万重峰峦,形成百余大小各异的岛屿,秋日一来,便见得那日发变红的诸多岛屿,远远望去,若同见得一条条跃出水面的金鱼,鲜活得紧,漂亮至极。

秋叶落到地面,红红的,染得那岛屿上的山径像铺了红地毯似的,在秋岭里闲置着,好不可惜。湖岸上,除开枫树,倒也是长满了各类树种的,光秃秃的枝丫,竟然不知道这晚秋时节的冷意。远处的山村里的牛羊,打着饱嗝,踏着这红色的秋光归家了,倒是山里娃那破裆裤里的野果,黄澄澄的,撑满了裤兜,让我想起了红枫湖畔那一季多情的秋叶!

这秋天里,红枫湖的红叶注定是魔一般红,它们像燃烧的火把,散发着光明,也散发着温暖。叶子下的野地瓜早已熟透了,红色的裂唇亲吻着晚来的秋风,被风儿掀开的瓜皮,像一张张温暖的脸,和蔼可亲。马蜂窝就垒在红叶的背面,来来往往的脚印漂浮于高高凸起的黄泥或沙砾间,写成了天书里的文字。这个秋天,她们注定是劳碌奔波着的,它们试图抵御那寒冷的深冬。秋天里,红枫湖畔那归巢的山鸟在清寂的大自然里踩着天空飞翔,它们到底是受够了寂寞的山乡和阳光,一路上心拥着心,在红叶翻飞的山林里停下了脚步。它们把巢高高地悬挂在树梢,秋风拂来,这树尖上的家,于是随着枝丫左摇右摆、动荡不安。而巢里的宁静和温暖,只有山鸟才享受得到,它们静悄悄地躲进了自己的世界,闭上双眸,等待明日清晨的啼鸣。岛屿深处的男人女人,把爱握在手心,他们生怕在某一个不经意的时刻,打落了心中的爱意。男人看了看这满岭红叶,说,这秋虽然已来,冬虽然也要来,而此后,接着便是春了。女人却只是凝凝地望着自己的男人,一双会说话的眼睛,融化了那火一样炽热的男人心,他们唇贴着唇、心印着心,将爱情枕在秋的深处,沸腾着阵阵爱潮。

秋天里,斜阳下的湖畔少女,红袍映染了满程山路,而心事像风一样柔软,飘荡在回家的路上。这少女的心潮总是饱满的,像满江春水,涨了又涨。只有心事残留在红叶里,迎着风,轻轻飘散与远去。梦里那壮实的郎君,是不是也见了这一水红叶?见了这秋的忧伤,内心里是不是又平添了几许惆怅?古人有红叶题诗得佳偶的美传,此佳话到底是有几许真相可以琢磨的,那明明就是一曲苦宫哀怨呢,而这哀怨,不也正是山乡里的少女既道不明亦说不清的心事吗?在水一方,那切切之思念竟然隐隐地使心灵生痛。心的疼痛且倒也罢了,可怜那拂岭而过的秋风和瘦瘦的满湖秋水,竟然不知不觉也被这洋洋洒洒的红叶染透了真色,躺在水波里的秋,又竟然弹醒了离异人的思念,思念就是这一地凌乱无章的红叶,重重叠叠折磨着这晚秋的爱火。红尘里,大概只有爱,才是生命的全部吧。

红枫湖的秋叶,却又是温暖的。当我想起远古的爱情,当我想起梦里的她,或者,当我想起母亲隔山呼喊的乳名,当我想起生我养我的村庄,当我想起村庄里黄澄澄的谷仓和正对着天地日夜朝拜不息的亲人,我的眼里常常含着泪水。这一水寂寞的红叶呢,它到底藏匿了多少苦痛和无奈,这个秋天,它又流露出了那美丽而又炽热的红呢,在风里,是它燃烧了大地的冰冷!

秋日里的红枫湖,竟这般让我牵念不已。

第二辑
湿地里的雨

天河潭

　　自工作以来,便再也没有上学时的那种清闲了。因母校贵州大学紧邻天河潭畔,于是经常溜到天河潭游玩,有时候,若是有外省上学的昔日同窗来,便不惜逃课,也要领着同学跑到天河潭去游玩。仔细算了算,工作这么多年,仅有过一次机会,陪着北京来的领导到天河潭观光。因而如今想来,对于逃课的劣迹,真是一点儿悔改的意思都没有,反倒是无比地怀念起那段学生时光来了。

　　不过,四季里的天河潭,我喜欢她春天的容貌多一些。因冬日冰滑,极不利于出游,且冬天的潭水,浅浅地留得一抹斜淌在那半山岭里,瘦得可怜,可看之处实在太少。秋天里,漫野枯萎的树叶和杂草,在孤寂的山风中一拨一拨地兀自凋零,沦落为泥,偶尔遇得着半丛红叶,火炬一般闪现在眼前,给人一丝暖意,然而这实在是秋日里的一种奢侈,是极少逢得上的。夏天,那浓绿厚实的绿山蓝水之间,漫野的虫鸟喧器不止,且夏日到天河潭的游客实在太多,这个季节的游人太集中,比起其他时节来,能分享到的景区服务是被大打了折扣的。还是春天里的天河潭更耐人寻味一些。春日里,你可看到那潭畔日渐泛绿的水草,那一日比一日丰盈的山涧,那争春的花儿和鸟鸣,那沐着晨雾穿梭在田地里早耕的苗家汉子,以及春水畔上那布衣歌女嘹亮的山歌。天河潭,俨然是黔中大地上的一处人间仙境,她从春天细微的芬芳开始,一天天翻开人间的时光册页,让我们欢喜，也让我们留恋。

　　天河潭距贵阳市二十四公里，内兼具黄果树瀑布之雄、龙宫之奇与花溪之秀，集飞瀑、清泉、深潭、奇石、怪洞与天生石桥于一身，浑然天成；农舍水车，小桥流水，野趣盎然，清幽宜人。是典型的薄层碳酸盐岩裸露地块，褶皱频繁，断裂交错，河谷拐曲，纵横深切；河床上堆积的二十多处钙化滩坝，串联着二十余个溶洞，形成明河、暗洞、桥中洞、洞中湖、天窗、竖井、绝壁、峡道等复杂纷纭、多姿多彩的岩溶洞景观。河水被阻塞，产生回旋流，在强烈的溶蚀作用下，经历千百万年的漫长岁月，形成的"腹中天地阔"的龙潭洞庞大空间——地下天楼、天桥楼、鹊巢楼、月牙楼、海螺宫、潮夕潭、木鱼潭等地下暗湖溶潭。

　　天河潭山水相连，山中有水，水中有洞，洞中有潭，除了能观赏到它那明媚多姿的湖光山色和神奇的溶洞景观，还可领略景色景物蕴藏的文化内涵，实为奇特的旅游胜地。进入景区，呈现在你眼前的是数百米高的钙化滩瀑布，此为目前国内最宽的钙化滩瀑布。瀑布飞泻而下，停歇在香粑沟河段那星罗棋布、奇形怪状的石灰溶岩洞里，或迂回婉转，或奔腾跳跃，形成美水潭、浣沙洲、绾髻园、仙女出溶等观赏点。丰水时，瀑布如脱缰的野马轰鸣而下，势不可挡，在冲坑溶潭下溅起漫天水雾，蔚为壮观。枯水季节，瀑顶上挂下滴的瀑布如丝如绺，在微风吹拂下，洋洋洒洒，连接钙化滩的是卧龙湖，长长的龙脊——百步石桥浮现在湖中，湖水清澈如镜，湖岸上桃红柳绿，犹如世外桃源。

　　天河潭两谷之间，有一条四百米长的滑索，被誉为"天下第一溜"，飞架于景色秀美的天河流水，南北两岸悬崖高峰之巅，气势雄伟，可尽揽天河风情，美妙无比之感觉，直叫人赏心悦目，拍手叫绝，正是"一索飞架南北，天堑变通途"。

　　明末清初的黔地先贤吴中蕃，著有多首天河潭风景诗，国务院副总理谷牧用四个字题写天河潭:黔中一绝！

翁昭三月

　　出小城开州东门十来公里，沿着山势拐弯下行，绕过几座苍茫的山峦，便看见一湾清亮的河，河水悠悠荡荡，却并不是惊魂动魄的流势，是缓缓地，翻过一道道礁石，它们时而沉寂，时而又轻轻地荡生出几朵浪花。不远处，一些光着小屁股的山娃，趴在河床边缘清洗着卵石，还有一排排鱼鹰和白鹤，它们站在岸边，啄弄着油亮泛光的羽翼。河两岸的村庄，就是翁昭。

　　三月的翁昭，美丽动人，只见那润软的春风，轻轻地拂过耳际，拂过那宽敞繁华的新街，拂过乐旺河那清朗白净的柔波，拂过那倒映在柔波里雄浑壮丽的翁昭大桥，拂过布依儿女的欢声笑语，许多春天的故事，大抵也开始在这春风里发芽了！

　　心总是痒痒地，随着风，随着那一江温暖的波光，萦绕着翁昭的过去和未来。且不说过去的翁昭是怎样的富饶与久远，看看乐旺河畔那一岭岭竞相开放的油菜园，看看那一群群挺胸昂扬笑容满面的翁昭人，听听那一曲曲不知从何家窗口跌宕而来的布衣酒歌，我敢肯定，翁昭自古就是一个欢乐的王国。

　　这个三月，翁昭在蓄积着腾飞的力量，而乐旺河却是沉静着的，它的宁静越发教我的心灵渐渐走向安定、走向平和，还有那些从河岸的松林里斜斜地泼洒而下的阳光，它们滴在我那潮湿的记忆里，一丝丝、一缕缕，温暖着每一个踏春者那蠢蠢欲动的心,也温暖着美丽的翁昭。

我是在三月的阳光里读到了翁昭的未来的,未来的翁昭将比此时此刻的翁昭更加妖娆和丰盈,它是围绕着一座湖滩腾飞的山鹰,是隐身于开州东郊一颗辉煌灿烂的高原明珠;还有那一湾清碧的乐旺河,它将化作一个神奇的谜,被载入新翁昭的美好明天。

直到某年某月,当我轻轻地翻开翁昭那沧远的记忆,当我数着膝下的岁月慢慢地思索那些遥远的故事,当我只能徘徊于纸间寻觅我们的翁昭,我一定会想起这个三月,想起这个三月的阳光,想起这条阳光下静静地流淌着的河流,想起河流两岸的村庄和村庄里的酒歌。

南明河

南明河发源于贵州省平坝县林卡乡的百泥田,是长江流域乌江水系清水河的源头河流,自贵阳市花溪区中曹乡大陂坡进入城区西南部段,东北流经南明、云岩两城区,于云岩黔灵镇大凉口附近进入乌当区姜渡寨出境。南明河全长一百一十八公里,其中贵阳市境内河长一百公里,流域面积一千四百三十三平方公里。南明河在市区内分别接纳了小黄河、麻堤河、小车河、市西河、贯城河等支流,为林城增添了水的灵气。数百年来,清澈的南明河蜿蜒流淌,造就了得天独厚的自然和人文风貌,它养育了沿河各族儿女,灌溉着两岸广袤的农田。很早以前,沿河儿女就习惯了依河而居,他们在河中游泳嬉戏、垂钓捕鱼、淘米浣衣,南明河成了贵阳人名副

其实的母亲河。

我第一次知道南明河，是在二〇〇〇年的春节。那时，一场突如其来的病魔降临在我的头上，在四处寻医走投无路的情况下，我来到了贵阳。当时，我所看到的南明河却是污水横流、垃圾成堆、臭味难闻的，可就是在这座城市，我战胜了病魔，并于当年九月考取了坐落在这座美丽林城的著名大学——贵州大学。这是我一生多么荣耀的事情啊，我开始关注起南明河来。

据说是从二十世纪六十年代以来，随着工业化和城市化的快速推进，人口急剧增加，南明河才开始慢慢受到污染，直至二十世纪末，虽经多次整治，但污染状况仍然令人触目惊心：两岸的植被稀疏，中心城区沿河绿地率仅为百分之二十六点三；河水水质严重恶化，鱼虾绝迹，沿河两岸近百个生活污水和两百余家工业企业排污口日均向河中倾泻四十多万吨污水和工业废水，沿河万余市民长期生活在两岸低洼潮湿、设施缺乏的棚户区内，受到贫困、疾病、洪灾的威胁。污染的河水下渗，殃及地下蓄水层，城市水环境遭到严重破坏，南明河不再美丽，变成了毫无生机的"死"河。

就在这个时候，正当全世界的人们沐浴在新世纪的第一缕阳光下时，贵阳市市政府雷厉风行，向全市人民承诺：将举全市之力，用三年时间让母亲河——南明河"水变清、岸变绿、景变美"。随即不惜耗资邀请国内外知名规划机构和高等院校的专家教授，按照以"水"凸现灵性，以"山"展现秀美，以"绿"提升品位的要求，对南明河沿岸的绿化、景观、古建筑、历史遗迹修整、城市防洪、沿河截污沟建设等进行了整体规划，力争全面实现"环境立市"的战略目标。同时还广泛征求社会各界意见，开展公众参与活动，市民参与建设家园的积极性空前高涨。时为学生的我们也不甘落后，曾组建上百人的考察小组，定期徒步行至走南明河，宣传相关法律法规，并对沿河企业单位进行排污调查，为保护南明河献上自己的热忱和微薄之力。

早在两年前，南明河沿岸上百家单位通过严格治理和整顿，顺利实现了废水达标排放或闭路循环使用,九十余家单位通过改变工艺或产业调整,实现无工业废水排放,同时还依法关停治理不力的单位,并通过疏浚河道、清掏排污干管、修建截污沟,控制了五十余平方公里范围的污水排放。建成了沿河两岸三十万立方米的绿化和景观建设面积。沿河两岸景观建设贯穿以人为本的宗旨,打造了滨河帆影绿地、冠洲桥绿地、人民广场、甲秀广场等绿化地带,形成了风格各异的溪水园、南明砚、民俗廊、斜阳谷、景石园、清心园、映月湾、民族广场等"八景连珠"景观,还在两岸修建了民族风情、秀丽山川等五组大型城市浮雕,极大地提高了建设品位和文化内涵。二〇〇四年十二月二十七日,由建设部等十一个部委评定的"中国人居环境范例奖"在北京隆重颁发,贵阳市南明河环境综合治理因成效显著而榜上有名。

如今的南明河畔林木青青、绿意盎然,游人如织、笑语阵阵。当年发黑发臭的河水,如今逐年清澈、鱼虾洄游;过去两岸破旧的棚户区如今变成了整洁美观的居民社区。市民又重新洄到南明河边休闲漫步、泛舟垂钓。更可喜的是,通过四年寒窗苦读,我凭借山里娃不屈的毅力和勤奋留在了这座城市工作,由此见证和享受着美丽的南明河带给市民的无限福祉。

静悄悄的情人谷

一看这柔媚的谷名,一定是与某对有情人密不可分的。若是这样猜,真可是被猜准了。情人谷,可真是千年的情人千年的谷。据情人谷水畔

山民口头说，千年前的情人谷两岸深山里，有苗族村寨地吾岭和米汤井，地吾岭后生阿山，英俊勤劳；米汤井少女阿水，多情美丽。阿山常到情人谷打柴，阿水常到情人谷放羊，他们经常隔河相见，时间一长，便互打招呼、互相问候，于是日久生情、彼此热恋、如胶似漆，但阿水的父母嫌阿山家里贫穷，坚决反对他们相恋一事，并要将阿水嫁给寨主的憨儿子，阿山和阿水痛苦万分。为了永不分离，他们双双离家躲进情人谷深处某溶洞中，过着没有世俗羁绊，相亲相爱的日子。

我宁愿相信这样的传说是真实的。

刚走到情人谷的入口，我便发觉，这山谷，不但幽寂，深远，空旷，谷风轻轻抚过脸庞，好不心怡。河谷里，清幽幽的溪水低吟着淌出峡谷中央矮处的石沟，波澜微起，花鱼快活地穿梭；远处悬崖的半腰之上，掠过几缕浓黑的鸟影，那是山鹰，叼起水中的游鱼归巢远去。河岸上的细柳刚刚长出嫩芽来，黄黄的，轻飘飘的，在水里摇曳不止。走完那一壁壁高险的"显"字岩青石小路后，我们准备从春风吹来的方向登步而上，一架天梯就架在绝壁之上，这是唯一通往里谷的步道。在空寂的峡谷之中，这样的生命通道虽然险峻，却有着万般坚韧的人间情怀蕴含其中。我在想，里谷的山民一定是有山一样坚毅的生活韧劲的，他们的生命一定是顽强的、博大的，如若这天梯之顶的蓝宇，具有神性的灵光。

果真是的。我们越是往里走，便就越是发觉这峡谷的清幽。水畔的木楼人家，正是炊烟袅袅之时，低矮的栅栏里面，嫩绿的麦芽油得发亮，在阡陌交错的田埂上，畜禽拥挤地过往。山径两旁的黄花，恐怕是昨夜刚刚绽放出来的，惺惺松松的样子，似乎离春天还远着。而峡谷深处的溪流，疾驰的身影让人发叹，太清了、太亮了；一尘不染的白波，就这样日夜不休地白白流失。好在，那在水一方，有水畔早出的村姑和媳妇们，沐浴在金灿灿的晨晖里，浣纱淘洗。洁白的长裙和粉红的脸蛋儿，在溪水里碎了又圆，圆了又碎，戚戚的，一直延绵到正午日出之时。峡谷里的开裆裤们，跟在白色羊群的后面,手中的牧鞭,划破了羊群远去的欢声。我站在一地碎落的春光里遐想,这白白的羊群和山里娃,他们一定是阿山阿水的后人,那水岸忙碌着淘洗的女人们,也一定是阿水密闺里的姐妹。在流年远去的问题上,总是让我们措手不及,翻手之间,就是另一个世宇了。

因而,面对情人谷这寂美的山河,学会一路游走一路歌吧,时光终会使我们老去,唯这青山绿水的美,越去越耐看,千年不老矣。在那淡淡的春日黄昏之下,我已经看不见来时的山水了。此时此刻,情人谷已是身披浅红的彩霞,山谷之下,一水水金波卷过粗白的礁石,远去的波光散荡在狭小低矮的谷口,一去不返了。

"大河涨水水浪沙,鱼在河中摇尾巴;几时得鱼来下酒,几时得哥来成家。""哥隔水来妹隔崖,绕山绕水都要来;哥变燕子飞过河,妹变蜜蜂飞过崖。"在山道那头的水畔,传来了千年前山水对唱的情歌。

第二辑
湿地里的雨

阿哈湖的月夜春色

阿哈湖是一座二十世纪六十年代修建竣工的人工湖泊,位于贵阳市南明河支流小车河上游,汇聚了金钟河、烂泥沟河、蔡冲河、白岩河、游鱼河诸多河流,现今已变成贵阳市民赖以生存的水缸了。

在阿哈湖水畔,方才还是一阵阵冷飕飕的风,润润的,掠过耳际,敲开水岸人家那布满蛛网的老窗,外面的草木,褪掉了走过四季的枯烂的枝叶。在木楼旁边,我听到万物苏醒的哈欠,脆脆的,由远及近,由表及里,像一曲美妙绝伦的大地赞歌!天色尚早,夕阳余晖火一样燃在湖水远处,木楼外的河堤上堆满了静静流逝的晚霞,在逐渐发浓转黑的天色下,一轮弯月,也变得渐加清晰,既而明亮皎洁,擦过云层,镶嵌在浩渺的夜空,清静而孤寂!

我选了一块硕大的礁石,挽起裤管,涉过浅浅的水滩,坐在礁石上。我像渡到了一个安详宁静的天国,一切均是和谐寂寥的,一切均沉浸在我的内心里,河水缓缓地流进一个人的梦境,又缓缓地溢出许多荒谬的苦愁,组成一场没有规则的游戏。天色刚刚淡淡地染了一层黑墨,还辨得出那一摊浅浅的水草,水草在河床上冒出细细的叶尖,像无数纤细的小手,挣脱了淤泥浅水的浸泡,欲搂住那一缕缕无声的夜风。那浓郁的绿意,倒映在月光下的河滩里,温暖了整条河的生命。这河水也自顾着缠绕在那些被岁月磨洗得莹亮闪烁的礁石上,似乎迟迟不愿东去,跌跌撞撞地,散落出一滩可爱的水花来，和着弯月皎洁的亮光，像一园盛开的白玉兰。山石和流水，早已陶醉在两壁嫩绿的河岸，日日夜夜，敲打着一江希望的音符！

我已经按捺不住蠢蠢欲动的心，跃下礁石，伸手触摸那洁净的暖水，滑滑的、柔柔的、直沁心扉。再把手伸长过去，扒开那些闪动着亮光的水草，一群群花色各异的游鱼，痴痴地将头拱成一堆，沉在泥沙间，睡着似的，一动也不动；那微微煽动的腮帮和反光的鳞片，在月光下，清晰可辨，只有那双圆鼓不动的双眼，似乎永远也舍不得这温暖的河水和水草，没有眨过一次眼睛。我想，恐怕只有鱼儿，最珍惜这世间的光阴，它们躲在水草泥沙间，一刻不停地目睹着河岸上的村庄。湖畔上的村庄在时空与面目上瞬息万变，连山道上的青石板，也忍不住这山谷的寂寞，在山里人的足印里落下一串串清脆的足音。而水草间的鱼儿呢，它们静静地观望着山涧滑过梦里的村庄，聆听着山人踏过青石小道的脆响，它们似乎还偷听过木楼里的欢爱之音，在潺潺流水里摆开节日的舞姿，逆着水来的方向，嬉戏。而我们呢，似乎永远也解不开快乐的密码，永远也猜不透生命的秘诀，我们只好静静地安躺在河堤的边缘，想象着我们的过去和未来，但是我们不应忘记，我们应该永远举起手中的锄镰，竭力刻画一道圆满的人生轨迹。

湖水绕过一座座山峰，将山梁割裂成一块块孤独的小岛，然后跌出堤口，哗哗哗地碎响，演奏着永无休止的曲谱，但湖水始终带不去水畔人家那白发老人的记忆，它们曾经耻笑过山娃，那些山风撩破的开裆裤，感受着一湖空旷的荒美。月夜下的游鱼，似乎听懂了老人留在岁月末端的嘱咐，它们兴高采烈地集聚在水草间、泥沙边，轻轻地摇晃着那可爱的细尾，只可惜它们惊破的一江月色，浮在流水与岁月之上，远远地离我们去了！

在湖水远去的那端，是一座座高大苍茫的山梁，在皎洁的月光下，依

稀可以辨得出它们的名字,那山势苍劲若龙的,是龙王山;山势婀娜似凤的则是金凤岭;山体粗莽若虎的,是虎腰坡;山体纤细笔直若刀的,则是刀背岭。湖堤两岸的山民,早就给这些大山取了如此绝美的名字,他们中的大部分,不光要守着这些大山长大和老去,甚至到了最后,还要将劳碌一生的躯体,融入大山,他们爱着大山,注定要和这些大山厮守一生!但也有很多山娃,踩过祖先的脊背,爬到了山外那更为精彩纷呈的世界去了。

月光下的小车河

　　有月,又有溪流潺潺的小河,这足够算得上一幅画了。可不仅于此,当我在晚秋某夜不经意间走在这条流淌千年的小河岸边时,我看到的不光有月,不光有河,而是在那柔媚的晚秋月光里,我分明是踏上了一幅尘封千年的绝画。说它绝,是因为它的柔美。

　　小车河发源于贵阳市花溪区麦坪乡一个叫红岩的地方,与金钟河在阿哈水库汇合后,流经南郊公园,最后从太慈桥汇入南明河。小车河里的月光是柔软的,带有一丝丝晚秋的凉意,由南向北,从河口拂向河尾,抚着我们的脸庞。这淡洁雅美的清辉,是吹不去我心头那幽沉的心事的,倒是愿意让它抢去我迷迷糊糊的酒意。是的,平日里我总是喜欢用酒下饭,或者说,夜游小车河之前不喝点小酒,就真没有多大的意思。走到小车河口的时候,我的确是一半清醒一半醉的了。朋友们簇拥过来,手携着手,肩拥着肩,轻轻地将头靠在了一块,说一些酒话,而脚步很轻的,影子却有点踉跄了。河上风雨桥,飞檐下的红柱上,高高地挂满了红灯笼。那朱色的灯光,缠裹着月辉涂在了影子上,我们也像披了一身艳红的长袍了。与人影不远处的河心,有柔美的月光碎在那里,亮堂堂地,淌了满江秋水,照得见那秋风扶起的缕缕微波,曲曲折折地散开,像母亲额间的皱纹。

是谁家的媳妇呢,还徘徊在那雕花窗下唱着摇篮曲;怀里的孩子,却早已入睡了,细细地扯出一些鼾声,那小小的手掌,却是紧紧地搂着母亲的乳。这么温暖的怀抱,这么幸福的港湾,能不安然入睡嘛。就像我走在这千年小河畔,踏着前人踩过的礁石,沐着前人浴过的夜月,无不涌起一阵阵幸福的潮浪。屈指算来,从春秋时期的牂牁之国到现今繁花似锦的林城贵阳,一千多年纷冗朝史就这样灰飞烟灭了,只有这河,寂静地,甚至是清冷地,流淌在这里,数不清多少战马铁蹄烙在了这小河两岸的厚土里,数不清多少英雄豪杰从这河岸的大美江山深处经过。明人徐霞客《黔游日记》云:"晨饭于吴,遂出司南门,渡溪桥,西南向行。五里,有溪自西谷来,东注入南大溪;有石梁跨其上,曰太子桥。桥下水涌流两崖石间,冲突甚急,南来大溪所不及也。"此处所言"司南门",即贵阳次南门,当时贵阳府城又是贵州宣慰司城,故曰"司南门"。西谷来之溪,便就是小车河了;所注入之南来大溪,即贵阳最大的河流南明河。这位逐风踩云而来的探险家、旅行家,是如何步伐匆匆走过了这古老河水那岸的呢,当他身上的剑鞘与那时的晚风相击而出的清音惊醒了这沉睡中的秋水时,当他那幽暗的双眸终于在黔地一隅的小车河畔见证了这延绵大美的黔山秀水时,谁的心潮啊,海浪一样澎湃咆哮? 谁又有勇气踩着山河日夜远游呢? 非徐霞客莫属的吧。

依然没有酒醒的,走到那灯影摇曳的风雨长廊时,我终于要停下来休息一会儿了,却又不知从谁家的窗口,传来一阵阵悦耳的笙音,还隐隐约约地听见了舞步声呢。这些喜好吹笙起舞的人家,晃眼间就在这河畔两

岸生活了千年之久矣。这千年的日月,这千年的河,当然是要有这千年的歌舞的。

月光下这一切的声相,给了我以柔美的河景。我们返回在小河入口的石雕前留影纪念时,我情不自禁朝后望了一眼,一抹二十余里长的幽幽古河,就这样被我们抛在身后了。然而,我实在不知道哪一天,当这满江的河水反过来将我们洗净之后,后人又将会以怎样的姿态来解读这样一条河流呢,他们是不是会淹没了前人的足迹,然后又来嘲笑此时的我们呢。

路漫漫其修远兮,吾将上下而求索。谁的歌吟又在我的耳畔响起。

观山湖看灯

说实在的,这是我第一次看灯会。所以,从来没有哪一次,像今夜这样仔细地看过一盏灯,也从来没有哪一次,像今夜这般急切地想靠近灯、走近灯、读懂灯和灯们的心思。曾经,一个人无数次走在午夜静悄悄的街灯下,孤零零的影子荡进空旷的巷口,走完很长一段路,方才回到家。那种感觉,和今夜走在灯下的心情,肯定是完全不一样的。

灯会地点就设在观山湖畔。刚走进灯会的入口,我就发现,那宏大的灯门,赤红的灯帘,喜气洋洋的灯笼,高的、矮的、亮的、暗的,闪烁成一片。进了门,然后沿着一抹细庚的小道下游,便就遇到了更大的灯盏和灯盏下更长的街。大灯盏便是坐落于地的,在小道两旁,用不同材质做成,形状各异，当然，所蕴含的意味也不尽相同。灯盏上刻有不同的图案和标语，但从灯光里折射出来的喜气，却都是一样的温暖。道路两旁挂满了灯笼，弯弯曲曲的，似若长龙。

在这浩渺的夜色里，沿着灯走，听得见远处不时传来节日的爆竹声，而这近处的灯影下，便已是人流如织了。年轻人搀扶着老人，小孩拉着大人，甚至，那些贪好热闹的女人们，用背巾裹了孩子，放在胸前，一起来看灯。那灿烂的灯光下，我看到那些路人的笑脸，是那么幸福。

灯光下的小孩是调皮的，他们头上插满了荧光棒，脑门中间，精心地点了颗美人痣，手里还捏着过年时大人给的压岁钱。孩子们一会儿跑跑跳跳的，穿梭在人群之中；一会儿却又乖乖巧巧地站到灯影下，与大人一起照相、一起比手势、一起喊"茄子"，然后，只见照相机的镁光灯一闪，一家人的笑容，便就凝固成像了。走在灯下，看见那么多美女，比白日里要漂亮许多，淡红的脸颊，水亮的大眼睛，披肩的长发，蛇一样细软的腰身，与电影电视里的那些美女明星，不差毫厘，不多看几眼都不行。我不禁一想，我们的生活，有时候真的就像戏一样的美好。

朝着人潮涌动的方向，往灯火通明的观山湖走下去，远远地，我就看见了那一湖金光闪闪的春水，水畔上那美丽的灯景、人影、山形，以及山那边的高过山梁的大楼，对折着倒映在湖里，漂亮极了。此时，我又遇见了那轻轻掠过江面的晚风，柔柔的，润润的，似乎还有一点儿潮暖，迎面而来。我找了一个人稀的位置，急忙把相机掏了出来，俯下身，对着这一湖阑珊的灯景偷拍。而就在我弯下身子的那一刻，我闻到了春泥的香草气息。轻轻扒开身下的那一片草，我看见许多嫩黄的草芽儿，头顶上的露珠似若一颗颗闪光的灯。哦，这可爱的春天，原来已经从这灯下的草丛内开始了。

在灯影下的人群中，我看到许多感人至深的画面，比如年轻人手扶白发老母穿过人群细心赏灯的样子，比如人海中那忙碌的绿丝带志愿者温

暖的脸庞,又比如那些因为一不小心而踩到了人的发自内心的致歉声和谅解的话语。我突然间似乎领悟到,我们看灯、赏灯、玩灯,所求和所图的难道不就是这样和谐谦让的人间真味嘛。

这一次走在灯下,灯带给我的不仅仅是光明照路,更是赏灯的乐趣,是灯影下那个早来的人间春景。

马头寨

从开阳县城驱车往城南一路奔走,不足四十分钟就到了开阳禾丰乡,在禾丰下车,沿青龙河步行数百米,便是梦里追寻已久的马头寨了。马头寨一面临河,三面环山,山背是一垄绿葱葱的茶场,寨前却又是一片广袤的万亩良田,良田一侧的山梁,就是闻名黔中大地的开阳香火岩风景区;而马头寨,无疑是香火岩风景区一道亮丽的风景点,她静静地耸立在青龙河畔,守望着一代又一代水东宋氏的布依族后裔。千百年来,这些勤劳善良的水东宋氏人,又以生命常态的自然规则呵护着这方神秘而又古老的热土。

踏着刚刚铺就的水泥路,绕过一个"S"状山道,便到了马头寨寨口。寨口由一个拱门组成,拱门上那斑驳不清的字迹,已经看不清是哪朝哪代的文人所书了,但依稀可以辨认的是文字后面那苍老而又动听的故事,那些过去的浮华和烟火,虽然沉入了泛黄的史册,却正是这些丰富的民族文化,酿造了水东宋氏人祥和辉煌的今天。我已经没有理由不去寻访马头寨的过去,关于它的伤和痛、它她的爱和恨、它的昌荣和凄凉,都是我梦里所要寻求的东西。然而,读懂水东宋氏人简单,要读懂马头寨却是一件多么不容易的事!

跨进拱门,顺着青石板小道,穿过一壁壁青石板垒就的石墙,试图挨家挨户寻找马头寨的过去,回过头来,竟然才发现自己早就渗入了那古老的苍茫之中。寨中的房屋建筑,恐怕是最惹人眼的风景线了。站在石板小街的高处遥望,只见层层叠起的"人"字形青瓦屋顶,错落有致、气势恢宏,若天使的妙笔写就而成的国画,画中那流动的色彩除了穿寨而过的青龙河外,则是古寨那灵动的轮廓。寨子里的民居多为干栏式的四合院或者三合院,院中以青石铺就,古色古香,从正房大门走进去是正厅,两旁是厢间,还有对厅等。民居为木质结构,且房屋随处可见精致的雕刻花样,比如左厢前部外侧的"八"字朝门,屋大门外加饰的腰门,此外还有雕刻式样中比较多见的"万"字形图案……据传,在布依族文化中"万"字形图案象征着水车或者螃蟹花,布依族文化中对水极为崇尚,这些代表了水的象征图案就代表了吉祥和繁荣,多为雕刻在窗户或楼上的走廊中。与此同时,门窗装饰图案中也会发现很多汉文化象征图案,如二龙抢宝、双凤朝阳、福禄寿……这种文化风格的混合搭配,足以证明古寨人多民族文化的融合交错,这种文化交错证明了古寨人的和睦相处,古寨人相亲相爱的优良传统在数百年的漫长岁月里依旧亘古不变、延续至今。

进了寨门,就等于走进了一个虔诚的精神世界。数百年前,马头寨人就有了自己朝圣的地方,早在明朝时代,马头寨人建立了一座古庙,名曰兴隆寺。据守庙老人言,兴隆寺初建于明初,当时整座寺院规模庞大气势恢宏,正殿、下殿、厢房等共有二十余间,基石均为细工雕铸,而明末动乱之时古庙为兵火所毁,大清康乾盛世时,古寨人又重修了正殿五间,改为家庙供奉祖宗,取子孙发达之意,方取名"兴隆寺";而到了咸同之乱的时候,兴隆寺又被人烧毁;战乱平息后,到光绪元年,古寨人又第三次重修

"兴隆寺";新中国成立,庙宇再次被毁;直到改革开放的暖风吹遍大江南北,兴隆寺在第四任住持张永莲大师的主持下,方得以恢复了庙堂;二〇〇二年,群众集资修了下殿,上为戏楼。由此可见,兴隆寺几近殆失,历尽人间非难,幸好这个世界总是善良的人居多,善良总是能够战胜邪恶,带给人们无限温暖的同时,支撑着充满良知的世人一步步地沿着古人的足迹走了下来,而在生命无奈之时,兴隆寺便是诠释心灵苦闷的最好的避难所,否则古寨人也就不会如痴如醉地崇拜着这块心灵的净土!

听古寨老人介绍,每逢农历六月初六,数万布依族同胞身着节日盛装,在马头寨欢度"六月六"歌节。并且,马头寨除了保留有元代底窝紫江等处总管府遗址外,仍保留着元代名人宋阿重之墓,明代反明土官宋万化之墓等。一九三五年四月三日,中国共产党领导的红军长征路过此地并驻宿马头古寨,古寨曾被国民党的飞机炸掉一角,红一、三军先后经过禾丰,并在马头寨留下了三处数十条红军标语,如今仍有二十多条清晰可辨,可见当年红军长征的浩荡与气势,革命先烈的足迹给古寨增添了浓厚的红色意义,成为名副其实的爱国教育基地,但愿每一个古寨人和到过马头寨的游人,在幸福和谐的今天都能够记得古寨的过去,因为那些沾满血汗的足迹才是真正指引我们走向灿烂未来的无形的指南针!

该是归时了,我急匆匆从兴隆寺走出来,却又看见一条清澈如镜的小溪曲曲折折地从古寨中央缠绕而去。小溪将古寨天然分成了南北两半,南半部平缓,北半部陡峭。木楼沿着山岭层层叠起,一派雄伟古朴的山寨恍然间活跃了起来,呈现在游人的视线里,几丝夕阳穿过云雾碎落其间,让人好生可惜之感!但去的终将会离去,一如这无影无踪的时光,不就是渐渐地远离我们而去了吗?只有那来自我们的祖先且源远流长的文化,才会永远和我们形影相吊、不离不弃!

驿马坡

当再次捡起这个老去的地名,我便在心里想,怕是越来越少有人知道它就是现在河滨公园了。当然,河滨公园还有另外一个特别柔媚的名字,叫杨柳湾,一个非常女性化的名字。坡、湾、坪、冲,它们虽有各自的特色,但我们大多都混淆着喊。驿马坡也叫杨柳湾,固然是有我们的习性在里面的。然而无论怎么说,杨柳湾这个名字太过于让我们想入非非了;河滨公园,又太过于世俗了。现在这凡尘间,到处都在建造公园,泛滥如潮。因而我还是喜欢驿马坡这个名字多一些。

我在贵阳上大学时,就爬过驿马坡了。那阵子,许多同学都纷纷谈恋爱。校园里太过严肃和拘谨,彼此牵手的勇气都没有,最揪心的事是怕辅导员老师发现了自己已经恋爱的秘密。这坡,每至周末,便有大拨大拨的大学生们潮一般涌来,固然就成了恋爱岛。我常常被室友喊去做"灯泡",唯一的好处就是有人为自己买下入园门票这笔单。

许多年后的一天,我年迈的父亲终于起了念头,从黔东南乡下的老家匆匆赶到贵阳来。父亲是因着两个目的而来的:一是因为一辈子没有进过城,不知道城市到底有多好,因此想来看看他在城里工作了好几年的儿子——我;二是他人一老,毛病便多了起来,甚至还常常无缘无故地流鼻血,人也日渐消瘦,饭量一日不如一日,想到城里看看到底有没有好的医院能治得了他的病。

　　已经是夜幕来临之时,父亲到达贵阳的时候,大街上奔跑着去挤公交车的上班族,他们回家的影子越来越稀了。我把父亲带到驿马坡对面省杂技团旁边的一家小旅馆安顿了下来。我先前就告诉父亲,我在贵阳城郊的一个小县城的水库工地上工作,城里根本就没有自己的家,来了是要住旅社的。父亲沉默了许久,方才慢慢地说:那便不来了吧。后来经我软磨硬泡,方才把他老人家劝进了城。

　　旅馆的门窗均是朝着驿马坡开的。轻轻推开窗,就可看见坡上那郁郁葱葱的树木,以及树林里的廊榭亭台。高高的过山车还在打着倒进,还听得见那些游玩得心情快乐的人们的尖叫声,一浪一浪地涌来。父亲说,那对面的坡是干什么的。我告诉父亲,那是一个城中公园,叫驿马坡,也叫河滨公园。父亲这就又有了去公园里游一游的想法。

　　我们是在旅馆旁边的小吃摊上,点了餐,吃了饭,还喝倒了几个啤酒瓶子后,方才进公园里去的。这里已经不像我大学时代那样了,公园已经向市民免费开放好几年了,四周原来高耸的围墙,早已被拆除不见了,前门和侧门都可以入园。我和父亲选择了就近的前门,沿石梯慢慢攀爬上去,数十步,就到了坡腰上。摆地摊生意的小贩们,蹲在园内小道的两旁,耐心地兜售着摊面上的小东西。或者是家用的针线,或者小瓢儿、小汤勺、小口杯,又或者是一些廉价的女红。反正都不贵,有的一元钱可买三样。父亲看得眼红,想买一个捶背的塑料锤,我便故意与小贩磨起嘴皮来,从五元钱一个,还到五毛钱一个,最后硬是一元钱买了下来。父亲嫌我心狠,说人家本来就赚不了几个钱,还给这么低的价格,不怕人家骂。父亲说话的时候,我偷偷地看了他一眼,我发现父亲的眼睛潮潮的,不知道是因为他的病痛,还是别的什么。我疾步返回摊贩那里,丢下五块钱,挽着父亲走下了坡背。

　　我们在坡脚河岸的林荫小道上,择了一块洁净的青石方凳坐了下来。此时,对面的街灯已明晃晃的了,倒映在南明河里。满江粼粼的波光,被水浪轻轻摇起。这一抹碧绿的河水，真的若同一条彩龙，蜿蜒着，冲下了雪涯路口的那道水湾，奔涌远去。父亲年轻时，在老家的清水江里放过多年木排，他熟知水性，像鱼一样，一个水觅子就可游到江对岸。父亲正给我说着他年少的故事时，水岸上便有很多夜泳者，纷纷扎进了水浪里，拍着、蹬着、仰着面，游到对岸的河床上聊天去了。

许多年了，我常常看见不少水性好的市民，下到河里游泳，或者在河里做独竹漂运动，他们黝黑强健的肌肤，我想一定是驿马坡下的南明河水泡出来的。当然，许多年来，驿马坡不但变得更加苍绿，还越发地灵秀和漂亮起来。主要是因为这坡上一年四季树木葱郁，鸟语花香，人气旺盛。当然时至如今，也有许多的世事早已不是原来的样子了，比如那年在驿马坡恋爱的同室好友，他们早已劳燕分飞了。又比如，那日和我一起游逛驿马坡的父亲，他已经离开我乡下的那个家，离开了我，差不多五年之久了。想起这些，我犹豫的心结便越发浓稠起来、麻乱起来。

夜上黔灵山

不曾想，离开大学生活已两年多了，但在大学里的点点滴滴，依然深深地印在脑海里挥之不去。我的大学生活是在黔灵山旁的小关山度过的，本来想，好不容易走出了大山，来到这迷人的都市上学，总该可以离开大山了，但似乎前生注定，我的大学跌落在了都市的边缘。那时候很后悔考了这所大学，心情也坏到了极点，于是邀上几个刚刚熟悉的新朋友，越过

第三辑

情满花溪

小关山,爬到黔灵山顶的松林里大喊大叫,发泄出心中的苦闷。

第一次爬黔灵山,是在大学军训的时候,我们搞夜行训练,晚上九点钟准时集合出发,每人一把手电筒,围绕着学校背后的那些大山一直走到黔灵山坡顶,然后从黔灵公园后门返回学校。在那漆黑的夜里,无法辨别大山的模样,只知道那山缓缓地伸向漆黑的夜空,弯弯曲曲的山道上装上了手电筒,像一条闪闪发光的丝带,舞动在山腰上。本来爬山是一件多么愉快的事,但在夜里爬行,而且是有时间规定的夜行训练,那则是一项非常考验身体素质的体育锻炼了。许多女生在半路上就走不动了,糟糕的是我所在的连队"阴盛阳衰"(女生人数多于男生),眼见着女生一个个都要倒下了,男生们甚是着急,但队伍容不得有一个人停下来。幸亏得益于咱山里娃,力气大,挑着重担上山下坡如行走平原。记得那天晚上,我是轮换着背着两个女生爬完了黔灵山的,最后我所在的连队还取得了全校夜行训练第三名的好成绩,军队就是这样,靠的是团结取胜,这是大山使我领悟到的道理。

第二次爬黔灵山是读大二时的国庆,几个考取省外大学的要好的同学从他乡回家路过贵阳,同学都问,贵阳有什么地方好耍的吗?没办法,我只到过黔灵公园,也就只好带着同学去爬黔灵山。我们是沿着军训时走过的那条小道爬进黔灵公园的。一路上说说笑笑,谈论着各自对大学的感悟,我这才知道,每一个人刚走进大学的时候,心情多少都有点落魄的感觉,哪怕你是上了北大清华,这样的心理照样会有,俗云"天高不算高,人心比天高",恐怕说的就这道理罢。可笑的是,同学居然都羡慕我,说我能够在大山脚下的大学念书,而且学校旁边还有一座如此美丽的公园,本应该知足了。

或许是冥冥中早已注定的吧,后来我真的喜欢上了这些大山,每每月明夜静时,我总是喜欢踏着月色一个人爬上黔灵山,带上一支竹笛,轻轻地吹《十五的月亮》,吹得疲了就躺在厚厚的松叶上面,望着那浩渺的夜空里穿云而行的月亮和繁星，静静地聆听夜风吹过松林的声音和猫头鹰的哭泣，心里竟然想念起家乡来。在我的灵魂深处，我永远不能忘记的是我的祖母，一生中她从未沾过酒，但在我上大学的前一夜她居然高兴地连饮三杯，那一夜她对我说了许多鼓励的话。记忆里，因为母亲去世得早，为了支撑那个风雨飘摇的家，祖母几乎担当了母亲本应担当的角色，在母亲去世的十多年里，一直支持着我父亲，教育和鼓励着我和我的兄弟姐妹，但在我刚走进大学还不满一个月的时间，祖母就病倒在农田里再也没有起来。每每想起这些揪心的往事，眼泪就不知不觉地涌了出来，直到"嗒嗒"的蹄声渐渐接近自己后，想家的心情突然就消失在了夜风里，眼泪也就像被封在闸门里的水一样没有再流出来。

好多个周末的傍晚，我一个人悄悄地爬上黔灵山，看见那些迷路的小猴在山间慌乱地一边奔跑一边失声哭泣，我的心就开始痛起来。这么多年来，为了自己的梦想，我一边打工一边求学，风雨中也曾不知迷过多少回路，不知遭遇了多少人的白眼，于是就索性将自己与迷路的小猴等同起来，幸运的是我最终找到了前行的方向，而那迷路的小猴呢，它们找到自己的母亲了吗？它们回到自己的家了吗？

又见广场雀鸟飞

原先，人们称这座广场为人民广场；但现在，这广场扩建了、宽广了、漂亮了，名字也换了新的，叫筑城广场。广场上树林茂密，花香四季；于是，

又见那一群接着一群的雀鸟们，在广场茂密的树林间快活地飞翔起舞。

起始，广场上的雀鸟，数量很少，成不了群，亦结不成队，稀稀拉拉的，实在很难让人在意它们的存在。若是逢上雨天，广场上的游人减少，鸟儿们也藏到树叶下躲雨去了，硕大的一座广场，空寂寂的。平日里，总有几个爱鸟的老头儿，将屋檐下挂着的鸟笼提到了广场来，挂在桂花枝上，准备斗鸟取乐。可惜笼中的鸟，实在太懒，即便将鸟笼门大大敞开，它们也不愿意飞出来，兀自闷在竹笼内，一幅没精打采的样子。

我开始怀念起乡下的老家来，不，我是在怀念乡村的雀群。在乡下老家，雀鸟实在是非常泛滥，菜园里、屋梁上、田坎边，抑或石缝间，到处都有雀鸟飞翔的身影。我们这些山里长大的娃，实际上是与雀鸟一起成长起来的。我幼时最喜欢掏雀巢，把它们白黄白黄的蛋揣在破裆裤最里端的烂口袋内，或者，将那些肉墩墩的雀仔，放在手心里，看它们急慌慌逃跑的样子。但次日再去雀巢取乐，却再没见鸟蛋，雀仔也不见了，一个人，便偷偷躲在树下伤心自责到泪如泉涌。

离开老家已经十年之久了，在这座灵秀的省城，我上完了大学，然后又在这城里工作，而且，上天赐予一般，我的工作单位就在筑城广场附近，我后来便把租住的家也安在了离筑城广场不远的西湖巷，图的就是方便茶余饭后去广场散心，去看那晚归的雀鸟们，是怎样一种欢乐的心情。

由是，日子一久，便把去广场散步当作了生活习惯。出了屋，沿南明河慢悠悠地游走，在微凉的夜色里，与那些行色匆匆的人们擦肩而过，我特别喜欢与人擦肩而过的感觉，这是一种不用牵挂，不需诺言，简单到可以省略了假装的微笑，离去很远了，你依然可以去想念那匆匆一瞥的样子。一路上慢条斯理地行走，在不经意之间，河的远处浮出一行白鹤向西的影子，那鹤影的下面，就是筑城广场了。

当然，路上，是一定会见到不少钓鱼的老头的，只见他们静静地坐在渔竿边，神情似若麻木，可爱的雀鸟们，从广场的树上飞来，在渔竿上站成排，久久不愿离去。河岸，金黄的霓虹灯光一浪又一浪漫来，细碎的江波上突然蹿出一条上钩的鱼，将雀鸟摇落到了河面，"噗噗噗"，雀鸟飞进了广场的密林里，落下一抹渐渐淡去的影子。

叽叽喳喳的，欢喜雀鸟在树林里嬉戏成一片。树下的绿草地上，有几个学步的小娃，斜着身，跃跃欲试的样子，几个大人插着手，围在孩子们的身边，叽叽喳喳地对孩子们说着话，样子像雀鸟一样高兴。许多次，我仰着头，望着树上的雀群遥想这座城的美好未来，鸟们那淡黄色的羽毛、尖细的嘴、圆溜溜的乌黑发亮的双眼，以及瘦小的身子，便久久地浮现在我的脑海里，怎么都忘不掉。

但愿，筑城广场那成群结队的雀鸟，永远快活地飞翔。

情满花溪河

一

一条躲在林城南郊的河，开满了艳丽的花朵。我一次次走过它的花下，看见一瓣又一瓣妖娆的花儿，静静地铺在卷曲的水畔两侧。这些娇嫩的花朵，或是挂在水岸的树尖，又或是躺在水草之间，远远望去，看到的是一个五颜六色的缤纷世界，水流就是从这个世界的上端，一路慢悠悠地歌唱着而来的。

花是溪的灵魂。

花的颜色实在太多,黄的、白的、红的、蓝的,甚至黑色的,一望无际地铺到了河水的那端。仔细睁大着玻璃背后的双眼,像儿时仰望天上的星空那般,伸出右手的食指,数那水岸的花朵。一朵,两朵;一树,两树;一垄,两垄;一湾,两湾……目光沿着手指的方向,总想把那汪洋里的花朵全数装在心里。然而这终究只能算作一场徒劳的游戏罢了。那么繁盛的花儿、那么浓重的色彩、那么长远的美景,一个人的小小的内心何以承载得完。又何况那清澈透底的碧水,在蓝天白云之下,竟然将这花的海洋与水的世界连为一体了,这更加拉大了花容的宽阔。在这片宽阔的春景之中,总有一些鱼儿,胆大到视你不见,兀自静静地穿过花影中央,然后又踩过水中的树影,掠过河底的云,来到你的脚下,和你一起笑看那美丽的花景。一会儿便听见"咕噜咕噜"的水响,几个水泡冒出水面,鱼儿笑弯了腰,一摆尾,便跑到花的那边去了。或许河的那岸,还有情人或妻儿在等待着它呢。

二

不远处的布依姑娘,取下臂弯里的竹篮和手心里的棒槌,在河滩的沙石上,洗晒那储藏了整整一个冬季的女红。或是麻线拉成的布鞋,又或是去冬刚刚织完的白腰带,或是一张混颜色的花手巾,又或是一颗刚巧在灯下悄悄编成的心字结……反正这河滩上的女红,就若同姑娘们内心深处的那些事一般纷繁而隐秘。我实在不知道这河流能读得懂她们吗,这盛大上演的花朵们又能读得懂吗,这一条清澈而宁静的溪流也能读得懂吗。然而,我们总是可以在这个季节的阳光下,听得见那春风擦亮了的苗家小伙的歌喉,像一阵破土而出的草长的声音,在姑娘们的对岸,醒来了。

哥在岸边吹笛箫,妹在河滩洗围腰。

听到岸边哨子响，围腰落水水上漂。

这时，远远地看见那河滩上的布依女，手遮太阳，半扭着腰，响亮地答道：

想郎多，想郎多多病来磨。
世上仙女治不好，见郎一眼好得多。

三

这延绵千里的河畔，注定是有故事发生的。

一所闻名黔中大地的学堂——我的母校贵州大学，就是在花溪落地生根、开花结果的。而这座百年老校，到底是经历了坎坷岁月的多少阵痛，继而蜕变成此般千万学子朝圣的殿堂来的呢？她的百年心事，到底结有多少个苦难的心结呢？是谁，又把这些密密匝匝的心结解开了的呢？我从踏入母校的那一刻起，就认定自己只能做母校的一片花瓣，即便不能盛开在花溪的水畔，却也要竭力完成一朵花的使命。我想花溪的每一支花朵，大概都是如此期冀的。现在，我可以数得出从母校走出去的全部花朵，不光开遍了黔土高原上的每一个村庄，还撒满了祖国母亲的每一座城市。

在那个明洁的月夜，正当万花盛开时，花溪的碧流，缓缓地穿过水畔的花下，从苍茫遥远的那端，正要想流往浩瀚的大海那头。此时，我们的总理周恩来和他的爱妻邓颖超，用扶起共和国的双手，扶起了这一河的爱情。他们在河里痛快地游泳，痛快地拍起一片片洁白的水花，打起水仗来。那一刻，一定是只有浩空里的明月作灯，暖风当被了。细细地想象，在那样的夜晚，以及在那样的爱河里，洗净的，一定是总理一生戎马的

疲惫，又或者是那过去的烽火的旧伤。我想，那时那刻，总理和爱妻两个人的花溪、两个人的河，拼成的是两个人一生的爱恋，甚至，是一个国度的幸福！

南龙夏韵

在开阳南龙镇，不知不觉地，夏天浓烈的绿意竟然悄悄浮荡在南贡河上了。幽蓝的波涛里，游鱼已经闻到了夏日翻滚而来的暖流，自由自在的精灵们，慢条斯理地拍打着鳃，它们趁着那轮火红的朝阳还未跳出海平面之际，早早地聚拢到了河岸浅水的草丛里，那清澈的河流是最好不过的天堂了。

河那岸，错落有致的苗家小寨，渐渐传来了早起人家开门推窗的声响。堂屋的大门是昨晚睡前就闩好的，女人一边系着衣扣，一边推开门闩，朝霞映上了脸膛。日子，就是如此潺潺流淌着的，它们滑过苗家木楼门前，滑过村庄碧绿的茶园，滑过茶园少女那美丽的麻花辫，激荡起无数欢声笑语。

老马驮着一肩谷粮，在山农的吆喝声里走过那弯弯曲曲的田埂，路边草尖那晶莹亮丽的水珠，润润地，湿了一串长长的脚印，马蹄，在松软的黄土地里刻录了老马的心事，深的、浅的、方的、圆的，这不光是脚印的形状，还是一生勤劳的图案。

夏日里的晨风总是很温柔的，细细地揉动着水田里的秧水，轻轻地摇淡了一层层覆盖在秧田上的白雾；那些深藏在稀泥里的黄鳝和泥鳅，在天亮之前便隐匿到水田里的洞穴中去了；青蛙亦在黎明降临之前，早早地停止了歌唱，一切都回归到了最初的寂静，一切又将在寂静的晨雾里来临。

采茶的绿衣姑娘们，背着竹篓径直朝着那广袤无边的茶园缓缓地走去，沐浴在乳白色的晨雾下，灵魂深处的芳心早已痒得发热，她们更是禁不住要哼几句山歌。不过，这歌声细嫩，甜而不外扬。晨霞里的欢跃是不宜太过夸张的，留几许神秘的味道隐匿在歌喉里，手上和嘴间的活儿却是那么娴熟，哪一片茶叶应该采摘，哪一句山歌应该唱给哪些人听，姑娘们自然胸有成竹。

茶园山下，耕夫放长了牛绳，只听得犁铧在烂泥田里穿梭，握在耕夫手心的牛梢棍，老半天都没有敲下去一次，这牛，自然是耕夫们最要好的伙伴，想想这一垄垄硕大的田坝子，都得耕牛一点点地翻犁，实在不知到底要流淌多少汗水呢。上了些年纪的耕夫，总是不会亏待自己的，他们劳累了大半辈子，自然也到贪图享受的时候了，但山民们似乎闲不住心，他们往往背个小水壶，或是灌上半壶女人们酿的米酒，或是裹上一袋昨夜吃剩的泥鳅，累了，便停下犁来，斜靠在田坎边，独自小酌。要是上下田坎有人在的话，自然会吆喝着聚拢起来，每人几小口米酒灌下肚去，干活的劲儿自然高涨起来了。

村庄里的苗家老人，目睹着属于自己的世界将渐渐远去，曾经的荒蛮和闭塞，曾经刀耕火种的苦难年华，都将被如今的繁华所取代，满脸密密麻麻的皱纹里，那些洋溢着的幸福是那样的清晰可见。然而一贯勤劳善耕的山里人，长不出一点点闲心，似乎不到倒下的那一刻，手里的活儿就没有停歇的时候。

看看南龙那青幽幽的山野碧川，我们就可以想象得到南龙苗家人的勤劳程度，那些苍翠美丽的山川，无不是浸泡着山里人的血汗而得来的。聪明智慧的南龙人，很早就留下了无数盛传黔中大地的美誉，比如南龙人

第三辑

情满花溪

的南贡茶,曾为朝廷贡品;明末清初的佘家营,曾经是民族烽烟里争抢不息的宝地;至今依然保存完好的长庆寺,曾经为香烟缭绕的无数子民的心灵净地呢。

这个夏日,尽管我们早已看不见封存已久的历史烟火,尽管我们只能用一颗无比敬仰的心灵在祖先的足印里朝拜,但我们很荣幸我们处在这个和谐安详的时代,我们相信我们能够在逐渐繁华富强的岁月里缔造出属于我们自己的民族神话。

> 第四辑
>
> 乐街里的樱花

香火岩

香火岩不大，十来见方而已，在一缕缕轻淡的晨雾里，其似若神刀雕刻的石痕，酷似农家堂屋里的神龛，有香钵、有龛壁、有石像，还有清澈见底的山涧从石像之下的深谷穿过。这山涧日日夜夜叮叮当当地清唱着那曲千年不变的乐歌，起初我还以为那是风过山林的声响呢，在钢筋水泥之间待久了，竟然想不起"谷深必有溪涧"的道理。

通往香火岩的并非是光洁发亮的柏油马路，也不是荆棘遍布的山林野径，而是一节节错落有致的鹅卵石与青石板相间的天梯，梯子从半坡深处的石缝里下滑，沿着那清幽幽的山涧一直落到了谷底。晨风，从峡谷远处拂来，掠过香火岩，掠过山涧，掠过密密麻麻、绿意盎然的丛林，唯一留下的，竟然是我那多愁善感的心。

我想，大自然在这一抹幽静的峡谷里留下了这人间的尘封之笔，是不是也有它的理由呢？是不是数千年前的祖先的的确确在那悬崖绝壁的香钵里许下了前生后世的诺言呢？要不，这谜底就不会尘封如此长久的年月。山外的风，沿涧而袭，晨雾里淅淅沥沥的雨越飘越紧，满谷翠绿欲滴的三月春色，在这潮湿丰盈的雨雾里，渐加清晰饱满起来，而这色彩艳丽的三月和这多情的晨雨，能够为我们读懂香火岩的心事吗？

还没有进入香火岩峡谷之前，眼前晃动的尽是连绵不断的山梁，随着风起雾追的影子远远流向眼界，继而又慌慌张张地从视野里流淌而出，时不时从晨雾中蹿出几只猫头低翔的苍鹰，"唧啊唧啊"地诉说着属于它们自己的童话，而晃眼间，便已是踏入香火岩的深处了，只见峡谷上空的晨雾越来越浓，轻轻地覆盖在崖壁之上的绿草间，潮潮的、润润的，闪烁着东方的朝阳晨辉，渐渐形成了水珠，积成雨滴，穿过头顶上方的石缝，滴滴答答地敲响醒了大地。远处那古朴简易的村庄，已经点燃了晨雾里的炊烟；几丛金黄的油菜花，在晨风中摇摆着美丽的身姿，阵阵清香扑鼻而来；早出的春燕，拍打着剪刀一样的羽翅，飞过峡谷，钻入了炊烟缭绕的木楼人家。轻轻地抖落这一程雨雾，身上的雨衣，竟然拧得出水了。

原来，沐浴在晨雾里，一个人的香火岩，竟是如此美丽有趣！

东风湖

东风湖紧挨繁花似锦的贵阳市开阳县城，夜夜都有穿过湖岸松林扑面而来的霓虹灯，有晚出散步的市民成群结队地绕湖信步夜游的豪迈，有顽皮的城里娃躲在环湖广场里"拉帮结派"捉迷藏的欢乐，有形形色色的红男绿女从东街一直沿湖搂肩而行的亲昵，也有白发苍苍的暮年老人握杖而行的悠闲，有拉着拖斗四处游走的各色各味夜宵的摊贩，它们构成一个活生生的生活动漫，飘摇着，游荡着，倒映在霓虹灯下的东风湖里，像一湖燃烧的灯火。

每每夜晚出游东风湖，我权当散步。出门散步是用不着打扮梳妆的，换一身轻巧的"短打"，揣上几毛备急的零花钱，便可大大咧咧出门了。

第四辑

东街里的樱花

东风湖，只需沿小城东街走五百米即到，所以走路时脚步要尽量放慢，直到感觉着自己的心跳在渐渐平衡，周身的疲惫渐渐脱身而去；甚至可以停下脚步，望望天上的云和月，望望身边那些步履匆匆的马车，那些从山乡拉着蔬菜或水果进城的菜农和果农，无端地，猜想一下次日他们的生意是否兴隆、想象一下他们那家里守着空床的女人和孩子的目光；这个夜晚的内容瞬间丰满了起来。

从东街吹拂而来的晚风，夹杂着城里女人的胭脂味，甚至是带有城市的疲惫，一路上慢条斯理地抚摸着城市的高楼大厦，最后滑落在东风湖。这湖，似乎是天生的消气筒，它静静地躺在那里，任凭别人是如何的对着它"鬼哭狼嚎"般卖弄那浑浊的嗓子，任凭那风怎样的羞辱，它依然静静地守候着属于它的那一片月色，守候着它那波光粼粼的水面和水一样轻柔的心事。湖岸上的路灯很明，看得见路上的一对对情侣，他们紧紧地依偎在彼此的怀里，生怕那一缕缕浅浅的月光和夜幕下的水色，惊醒了甜蜜的梦。温柔从对方的指尖滑过，没有人能够解释这真正神圣的爱意，没有人不怀念那逝去的青春年华。

属于自己的那个人，她在别人的故乡还好吗？面对这多情的夜晚，面对这静谧的湖，面对这一湖明亮的灯火，面对自己喷薄而来的荷尔蒙，那个蒙太奇似的物象，竟然渐加清晰起来。曾经，她对我说，我们会相爱一辈子的；曾经，我也对别人说，我们要生生死死永不分离。而此时此刻，灰飞烟灭的往事，充其量也仅仅是往事而已。

"东风夜放花千树，更吹落，星如雨。宝马雕车香满路。凤箫声动，玉壶光转，一夜鱼龙舞。蛾儿雪柳黄金缕，笑语盈盈暗香去。众里寻他千百度，蓦然回首，那人却在灯火阑珊处。"不知不觉地，我竟然想起了那个远去的诗人和他的词句！

翁荫湖

　　湖岸边错落着的几个农家小寨,规模都很小,三两户而已,但寨里的人,实在是勤劳多智。他们早早地起了床,背着竹篓,去菜园里割菜。这些菜,是要挑到小城的农贸市场,作为市民们的早饭菜的,由不得他们睡懒觉,不然,菜场里缺了菜,市民们将会怎样的恐慌呢。待得我刚刚向湖里抛了几粒诱饵,远远地甩了渔竿出去,便见得几个菜农,挑着满篓蔬菜从湖边走过来,而系在她们脊背上的小孩,还沉睡在酣梦里呢。

　　太阳就要出来了,朝阳越来越亮、越来越白,湖面也渐渐清晰起来,那些迟迟不愿离去的晨雾,依依不舍的样子,手拉着手,在水面上、在湖岸边、在山梁间,上演着一场伤心离别的情感戏剧。这些云雾与湖水的离别,这些山梁与云雾的纠缠,这大自然与大自然惺惺相惜的深情,恐怕深藏了人类一样的苦痛与无奈,而它们的伤愁,为什么是在一日之晨上演呢,为什么它们的苦痛,是那么寂静,寂静得让我们无法听到痛楚,寂静得如此美丽呢。

　　这翁荫湖的碧水清波,注定是多情的,它源源不断地滋长出大自然的美,它依旧我行我素地演奏着大自然的情感剧,它包容了村庄里的所有故事,而它又是一个那么安详的精灵。我已经不满足于垂钓的乐趣了,对于这样一座美丽的湖,对于我不知思念了多少个日日夜夜的那一抹翁荫瘦溪,我应该用心灵贴近它那美丽的肌肤,我应该伸出手去,握紧它带给我

们美好生活的每一线亮光。沿着湖岸徒步行走，一边偷看水里的游鱼，一边打量那湖岸的村落，一边欣赏那山梁间火红的杜鹃，平日里的苦闷和烦恼全都丢在身后无踪无影了，心灵里的苦像被清洗了一样，是那样愉悦和舒畅。

我想，小城要是没了翁荫湖，那一定是如同断奶的婴儿，枯瘦和焦黄，更是一种不敢想象的荒凉和恐怖，而正因为有了这一湾绿绿的湖水，小城变得了那么丰盈和饱满，小城里的市民变得了那水灵灵的模样，小城里的工业和农业才步伐一致朝前迈进，小城才建得如今这般五彩斑斓。

行走在翁荫湖边，看那夕阳西下的壮丽色彩，看那云层深处抛撒而出的余晖，穿过树梢，继而泼在了湖面，像一团燃烧的火，在水面上慢慢散荡开来。岸边的村庄里，老人或者小孩，男人或者妇女，都下到了湖岸戏水去了。他们或者是裸露着身子，老远地站在岸边，拍打着微风中的细浪，又或者是三五成群，坐在湖边，轻言细语地侃门子、拉家常。这时的小孩是最打趣的，他们早已迫不及待地钻进了母亲的怀抱，那贪吃的小嘴，朝着母亲那嫩白嫩白的乳房吸了过去。不过一些刚做母亲的苗家女，心里仍旧是塞满了羞涩的，她们往往要转过身去，背着男人，露出半边乳房，喂孩子。

这样的场景，竟然使我不知不觉地想念起老家的那个村庄来，那个养育了我的村庄，虽然没有翁荫湖岸的灵气，虽然比不上翁荫湖的宽大和繁华，但它始终是最让我牵念的故土，是我永远也放不下的牵挂。不过，或许若干年以后，当我只能在梦里寻找属于自己的翁荫湖，或许这样的翁荫湖便是故乡里的那个村庄了。

东街里的樱花

　　如果说东街是这座小城向外展示其繁华的窗口，那么东街两旁的樱花则为小城繁华背影里最美的靓姿。我喜欢小城的东街，我爱东街里盛开的樱花。

　　东街在小城算得上最具"老资格"的古道了，街道两侧崭新的小洋楼是在刚刚拔掉了那陈旧低矮的老木楼的基础上建立起来的，洋楼下那一排排绚丽多姿樱花林，却已经种下数年。在东街云开广场一侧，新建的体育馆、文化馆、图书馆，已经成为小城的标志。东街的周围几乎都是紫江花园的地盘，居住在这座小城里的市民，大部分都被东街揽入了怀里。每天，市民们不约而同地纷纷云集在东街一隅的云开广场里，他们在那里跳舞、唱歌，或者晨练。耸立在东街不远处的开阳一中，雄浑而漂亮，日日有数千师生从东街穿过，他们或是疾驰奔跑，或是闲庭信步，或是三两成群，或是孤人独行，但方向肯定是一致的，来来去去都沿着马路两侧的樱花，说笑着，抱着书本或作业，上学和回家。

　　从街头吹来了三月的细风，缓缓地穿过樱花的枝枝丫丫，树上的花蕾，像那怀孕少妇的肚皮，鼓胀着，高高凸起，露出几片薄薄的花瓣；花瓣却紧紧地抱成一团，谁都不愿松手似的，高高地立在枝丫尖端，引来了一群群多情的蜜蜂。蜜蜂是人世间最为勤快的采花郎，樱花刚刚打苞，蜜蜂便成群结队地来了，它们拍着细硬的双翅，伸出了腿去，轻轻地扒开花蕾

第四辑

东街里的樱花

里的花须,露出尖长的"吸管",打探花蕊深处的心事。樱花是先开了花,之后才慢慢长出细嫩的绿叶来的,固然这花便缺少了绿叶的陪衬呢,不过只需要几阵微风,暖暖地,润润地吹向东街,一夜间的工夫,这花便热闹起来了,大朵大朵地开在了枝丫上,而风,似乎是知晓了花儿的心事,一到晚上便不知不觉地停止脚步,于是乎,夜幕里的东街,寂静得可以听见花开的声音。

霓虹灯开始点燃小城的夜,灯光照旧是整整齐齐地从街头一直到街尾,次第排列开来,于是光斑下的东街,显得更加妖艳和丰满了。街道两侧的商住楼里,点点窗灯开始揉醒沉睡了一整天的白日梦,在黑夜里无怨无悔地燃烧着自己枯瘦的身躯。从顶楼一直往下数,直到最底层的店铺和地下商场,无一不是灯光闪闪、亮如白昼,而樱花呢,只顾着浸淫在轻薄的春风里,兀自摆弄那细弱的枝丫。花朵越开越大,花瓣越开越艳、越开越沉,那些纤弱的枝丫,似乎快要举不起满树芬芳的樱花了,低低地弯下了腰,摇曳在微风中。东街里,那一对对逛累了的夫妇,手挽着手从超市门口出来,他们依旧是一边说笑着,一边梦想着自己的童话,沿街道两侧的樱花散步。而小孩子,是最喜欢在夜里撒野的,他们如同那一串串含苞待放的樱花,期盼着挣脱春风无端的抚摸,他们想寻求自己的"奥特曼",在无人束缚的天地里快活地遨游。

这些樱花盛开的夜晚,我已经听见那欢乐的笑声,从东街深处缓缓飘来,滑入我的记忆。我猜想着孩子们那单纯无邪的故事,肯定与当年的自己没有两样,梦想里最大的奢望仅仅只是在于一块口香糖的恩赐,对于孩子们而言,心一旦被释放在了森严的校园之外,就再也没有镣铐可以套牢自由的梦想了,哪怕是孩子,哪怕是一朵樱花,恐怕都是这样的吧。听过来的人说,红尘中的人,总是一次次梦想着逃越世俗的樊篱,总是梦想着寻求自由与爱的天空,而最终或许什么也没有抓到,这好比早开的樱花,必将遭遇最先枯萎和凋零的苦痛。人与物,人与樱花,都如此惊奇地相似啊！

　　我已经习惯于推开窗，有事没事都想打探窗外的樱花，那些樱花是不是又开得更怒了；是不是相隔一夜之后的樱花，在春风的抚摸下变得更为妖艳；是不是妖艳的花朵更吸引年轻的心跳，我总是如此多疑，甚至是多情。果不然一切均在我的意料之中发生了，我不仅看见窗外的樱花里闪过无数蜜蜂好奇的心事，我甚至目睹了一对对初恋的情人，在窗下的樱花里与樱花一起盛开了心里的火花，他们暗藏在芬芳的花朵里，扭扭捏捏地，却又是极其温柔地伸出双手，捧住对方抛来的媚眼和暗语。小城里的少女，固然是长得极其端庄秀丽的，红彤彤的脸颊和乌黑发亮的秀发，让人百看不厌。小城里的少男，却也个个长得粗壮健康、机灵多智、勤劳能干，难怪小城年年都有人上北大清华，年年都有游子荣归故里。只有这一街樱花，永远都是那么短暂和匆忙，它们匆忙得几乎没有工夫让人去心伤和怜惜！

　　有时候，我更宁愿一个人走在午夜的东街，抛开所有杂念和心事，让心灵尽可能地靠近樱花的温度。有时候，在东街的樱花下偶尔碰见晚归的车夫，闻着他们那汗津津的身子、望着那疾驰而去的车影、听着那叮叮当当的马铃，心里便禁不住抖出几个寒战。有时候，那缠缠绵绵的细细毛雨，降落在午夜的东街里，润润地，湿湿地，不经意间便坠入了一个空空荡荡的世界。而每每遭遇这样的夜晚，我的心总是耐不住轻狂和躁烈的冲击，总是会不知不觉地想念那乡下老家的亲人。作为东街的外来者，我无时无刻不在怀念属于自己的家；家里的父亲母亲，是否还记得我离家时迷离无助的泪光里，瞬即闪过的呼唤；家里的兄弟姐妹，尽管被时光远远地抛在贫瘠的深沟，但我身上的某些温暖，往往是来自他们那遥远的问候。

　　东街的樱花丛里，那些小洋楼的繁华所折射出来的阔绰和大气，那些五彩斑斓的霓虹灯，那些多情的晚风和细雨，那些躲躲闪闪的初恋情人，那些单纯无邪的孩子们的笑声，那些斑驳不清的欲望和匆匆流逝的时光，

早已成为我漂泊异乡不可或缺的元素，它们无时无刻不在敲击着我那渐渐苍苍老去的心灵，它们才是人间永恒而快乐的主题曲！

不过，我更喜欢小城的东街，我爱东街里盛开的樱花！

楠木渡

第一次去楠木渡时，是带着公事，形迹匆匆，使得我还来不及聆听那波浪滔天的"黔蜀古分疆"——乌江、来不及欣赏那原汁原味的黄木阳戏、来不及触摸那厚重而远古的龙花灯，便离开了。但是那天，我突然接到文联主席刘毅老师的电话，他嘱我抽个空，和县文联及书协的朋友一起下乡送文化，下乡地点就是楠木渡，听罢，我兴奋不已，立即满口答应。之后又思索片刻，觉得羞愧不已，因为我身无长技，虽然平时亦喜好涂抹乱写，但终究不成气候。"所谓送文化，也就是写写春联而已。"刘毅老师在电话里补充了一句，像是给我投放了一颗定心丸。写春联，我喜欢，我不能不去！

因是第二次走进楠木渡，我对路道和车行方向已经有了大概轮廓，依旧是待得车辆从开阳县城往城北驶去，穿过冯三镇后，继而便是楠木渡了。初春的暖风与车窗擦身而过，呼呼呼的，因为车速较快的缘故，稍稍有些寒冷，只好将车窗玻璃摇起，偷偷打量公路两旁的村庄。一些田块，油菜花开始打苞了，山峦之上的坡梁间，望得见篝火的青烟慢慢腾腾地坠入山谷，那是顽皮的牧童在准备烤烧随身带去的糯米粑。放牛，不带点吃食上坡，是会挨饿的，这是我儿时放牛时得出的经验。

楠木渡的老乡，听说县里的书法家们要上门写春联，个个都起了个大早，将桌子扛到院坝的光亮宽敞处，摆上墨盒与纸张，洗脸水是早就打好了的，还端放在屋门口，待书法家们进屋时用。一时间，院坝里热闹了起来，围观的、看热闹的、来偷学写字的，统统挤进了坝子里。前些年，因为印刷体对联的兴起，使得百姓疏远了手写体对联，而今，居然有书法家免费上门写春联，这能不高兴吗？我以为，这恐怕也是对对联的一种挽救。其实，手写体对联在农村更为百姓所接受，从院坝里拥挤的人群身上，我看出了这一点。

"老师，请你给我写一对。"一位白发苍苍的大伯手捧着红纸对我说。我随即接过大伯手里的纸张，折成了两副条联，随手写下"门迎春夏秋冬福；户纳东南西北财"的上下联和"幸福人家"字样的横批。大伯接过对联，笑眯眯的，弯下腰，寻了几颗小石，压在晾在院坝里的对联上，然后继续观看这一场免费的现场"书法演示会"。我记不得一共写了多少副对联，直到手腕发酸的时候，才抬起头，望了望同行的几位老师，他们依然在挥毫泼墨，连水都顾不得喝上一口，因为等在院坝外前来索要春联的老乡还很多，就连挤进了坝子里的人，除了一部分是得了春联却还要争抢着看热闹的外，其余的也还是在焦急地等待着书法家们书写给自家的春联。起初我是很害羞提笔的，一是自己的字火候不够，二来，同行的书法家个个都是高手，三则害怕自己在百姓面前露丑。其间，当我把"桃"字的"木"旁写成草书而移到了"兆"旁的头上时，好几个围观的百姓一眼看了出来并追问我是不是写了错别字，我为他们的求知欲感到非常惊讶和震撼，并立即告诉他们，那是个"桃花"的"桃"字，没有写错，只是偏旁部首的巧妙错位而已，这在书法上，有时候是允许的。

直到日落西山，围观和等候在院坝里的人群都带上了自己满意的对联渐渐离去，我们才发觉"咕咕"乱叫的肚子早已空空如也。是该吃晚

东街里的樱花

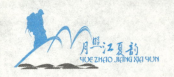

餐的时候了,楠木渡文化站的负责同志赶了过来,并给我们每人的耳朵上扎了一支"中华"香烟,以示见面的问候和谢意。最为值得记忆的是,在楠木渡大桥桥头的餐馆里,楠木渡人还为我们端出了独具特色的"蜂儿酒",听说这"蜂儿酒"是用蜂蛹与酒泡制而成,埋在地窖若干年后,方取出来饮用。端过酒杯,轻轻嘬上一口,感觉味道甜甜的,咽下肚去,却又闻得几分酒气从喉咙底部钻将出来,三杯过后,酒意渐浓,而又无醉意袭来,于是凭着那细嫩的油煎"猪嘴鱼",继续饮下若干杯。此时,白天的辛劳早已烟消云散,不远处的村庄,看得见那从白天醒来的花灯,渐渐地将整个村庄上空的黑夜点燃。楠木渡大桥之下,乌江的碧波滚滚而来,又浩浩荡荡奔涌而去,隐隐约约的,又传来那悠扬而低沉的歌声。坐上归途的车辆,转过几个山坳后,我看见一群欢乐的农民正披着戏装,在昏黄的灯光下演绎那远古的黄木阳戏,歌声在茫茫夜空里回旋,低沉而动听!

夜郎街

　　窗下有一条砂石铺就的小巷,名曰夜郎街。每日早晨,我总要情不自禁地推开临街的那一面窗,探出半个脑袋,看楼下的街里那些挑着竹篓叫卖的菜农、看那些享尽了灯红酒绿的红男绿女慵懒地踏着灰白的晨辉穿过街心的影子、看乡下赶马人那细瘦的马车碾过夜郎街凌晨的月辉,更多的时候,我是在看一个人,我越看越像他,越看越想他。他的大名叫李白,平日里我呼他太白多一些。

是的，我说的就是唐朝的诗仙李太白，这位风流了一辈子的伟大诗人，他也照例逃不脱人生灰色的铁网，在唐肃宗至德二年（七五七），因永王李璘谋逆案的牵连入狱，尔后幸得廷中当朝要员力保，罪减一等处罚，方才谪贬流放至我今日窗下的小巷，过着落寞不堪的生活。每每在凌晨的惊梦里醒来，我总要推开那扇临街的窗，远远地向街坊望去，便看得见那个在晨晓中依然举着手中的酒杯开怀狂饮的醉汉，他披着一身圣洁朦胧的朝雾飘进了我的心里，他潮湿着我的全部心事。

很多时候，我坐在屋子里一个人静静地遥想街坊上的他，他是如何背上了官府的判决书云一样飘游到了我们的夜郎国的呢，他在乾元元年（七五八）初的那次流放至上元元年（七六〇）夏的归尘，那又是怎样的一种心境纠缠着他往返在人生的漫道上的呢，更甚的；又是哪里来的生的期许支撑着他熬过了生命里仅有的两年零七个月的流放生涯的呢。在一个又一个洁白而清寂的早晨，我偷偷地推开心灵的门窗，闭上眼睛，探看梦里的他。而他一直不动声色，一个人静静地坐在夜郎王的子孙们赐给他的一蹲巨石上，千百年来没有打扫的满脸长须和一身拖地的长袍，正逆着街口吹来的晨风轻轻飘摇。

他到底是一代风流才子，手中的酒盅依然高高地举在晨月稀淡的光色里。在微软的清风中，他绽放出满眼睿智的神情，他竭力让孤苦的泪水枯竭在了一个人酸楚的心湖里。"无地再新法令宽，夜郎迁客带霜寒""万里南迁夜郎国，三年归及长沙风……"。后来的后来，当我在这些句子里于这一抹细瘦的街里和他相遇，当我仰望着他身后那蓝蓝的天宇怀想过去的圣人，在这个嘈杂的凡尘之中我突然间学会了失语苦痛。

他到底是一个流浪的影子，要不然，我们就不会读得到"床前明月光，疑是地上霜；举头望明月，低头思故乡"这样揉碎了游子心肠的句子。当然，他的那些飘落在夜郎国里的脚印，注定是要横生出这样的一条街来的，虽然别人都喜欢无中生有地辱以我们"夜郎自大"的骂名，可我们的

骨子里却是流淌着谦卑的血液的。我们今天在繁华的闹市中央辟出这一条古朴的砂石长街,并将那写尽了诗情饮尽了酒意的大诗人安顿于街坊之上,我们图的仅仅是期冀我们夜郎王的子孙们朝朝代代都得以沐浴文明的阳光。

太阳真的是要跳将出来了,在早晨八点的时刻,我看见夜郎街那端不远处,苍茫的魁山已经被朝阳镶染得金一样灿烂;山下那一江西流之水,薄薄的晨气从静幽幽的水面慢慢散去;一缕缕洁白的晨雾也正从水畔悠悠卷升而起;整个大娄山脉的神秘面纱竟然在这一刻被这晴朗的大好时光一一掀了去,只有街里的他和站在窗口内的那个人,他们一直对望着,在心里面。

溱溪河

溱溪是小城桐梓名副其实的母亲河,但是,我实在没有哪一次像今年春节的这些日子那般认真地亲近过溱溪:早晨,早早地就起了床,轻轻地推开木窗,看那初春的朝阳慢慢漫上水岸;午间,便沐着那暖洋洋的春日骄阳漫步到河畔的水竹林,听野鸟穿梭在林间的啼鸣,或是看悠闲的鹅鸭浮在春波的浪尖游戏;傍晚,便又携上亲友游荡在洁净的水堤,偶尔还可以抓到一两只晚归的鱼蟹,做成晚宴的下酒菜;夜里,又推开窗,看节日里的烟花,一丛一丛的,盛开在溱溪那荡满喜气的空。

溱溪是从小城东边的元田坝漫淌下来的,弯弯曲曲地绕过城郊的村庄，然后，穿城西流而去。小城人依溱溪而居，从低矮的瓦房到高耸的大厦，从穷恶的山水到如今繁华的小城，溱溪见证了这一切的变化。为了保护和防范治理溱溪流域的水土流失，早在十余年前，小城人对溱溪实行了山、水、林、田、路综合治理，注入了一千九百二十九点四四万元治理资金，并使二百一十四点四六平方公里的水土流失面积得到了快速治理，实现了坡改梯二点六四万亩，建果林八点一八万亩，水土保持林七点四二万亩，建成蓄水池八十三口，引水渠道二十八点二四公里，截水沟十三公里，石堤硬道二十点四公里，铺设输水管道五公里。由此，溱溪这条母亲河，便又常年荡漾着清幽幽的碧波，回到了鱼蟹成群、水鸟翻飞的美丽景象，且早些年就被水利部命名为"十百千"示范工程。

　　妻打小就是长在溱溪河畔的，她大学毕业后就回到了溱溪河畔的这座小城工作，我们的家，就安在溱溪水旁的世纪新城花园；并且，在溱溪数百米开外，夜郎街繁华如梦。这水畔街坊的门柱下，还高耸着李白的巨幅雕像，手举酒盅，对月邀饮，样子可爱得紧。当然，这春节一到，许多外出务工的人们，腰包鼓了，归了家，总是要到这水畔的街里逛一逛的，或是给爸妈买点吃食，或是给爱人购一串银饰，又或是给心爱的儿女买去一些衣裤鞋帽。我平日里写写画画的笔墨纸张，就是妻帮我从溱溪水畔的街买去的。春节来了，可以空闲一些了，笔墨纸张，妻总要多给我备上一些。所以我总是想，天下能知己知彼者，当属自己枕边的那个女人。

　　如今，春节里的溱溪，笼罩着满城浓浓的年味，熏肉的香气，门联的喜气，挣钱人的手气，从屋子里那一阵阵的欢声笑语里，便可以听得出那一切是怎样的美好。

第四辑
东街里的樱花

钓鱼台

在仙人山下歇脚纳凉的空隙里，见得一户白墙青瓦的农家，走出来一位古稀之年的老妪。我快步跑上去，问老人：钓鱼台缘何叫钓鱼台呢。老妪回答说：我们祖祖辈辈只管那湾清凉的溪，叫钓鱼台，至于这名字来由，已是说不清了。

溪水里，是可以清晰地看见花色不一、大小不一的各类游鱼的，这些快乐的水中精灵们，实在是太悠闲了。它们慢悠悠地从那岸浮上来，拐个弯儿，便跑到我们的脚丫间了。在清澈的河底，一串串水泡从柔嫩的鱼须间升腾上来，至水面处，便听得脆弱的几声破响，这一湾幽深的溪流，越加静默了。

实际上，徒步钓鱼台的全部"装备"，我们是早就准备好了的。凉鞋、探路的拐棍、遮阳帽、路途小吃、相机，以及救生圈，村里熟路的同伴，我们都带在身边。但待到真正下到了溪里，见得那洁净的卵石，阳光下光鲜亮丽的水影，以及，远处传来清脆的鸟鸣和瀑流声，这般引人入胜的天籁之音和原生态美景，让我们早已忘记了那些累赘的行囊。

往回望，北面是一片宽畅的稻田，金灿灿的，秋风拂过，便飘来了阵阵谷香。田坝两侧，零星散布着的农家小院，不时会传过来几声尖锐的犬吠，放牛的山里娃，在稻草边拾起远去的烟火，但是，真不知是这烟火味儿熏熟了树上的果子呢，还是秋天里暖风洗礼的缘故，梨子已经熟了、橘子也熟了、柿子也黄灿灿地挂在枝头。钓鱼台的人间真味，便就是在这浓重的乡土里发酵出来的。

往前看，绿水清波逐眼而来。水波所到之处，是苍茫的山影。水岸上，却是林林莽莽的青松，站着哨岗。翻卷的松涛，跌落在水波深处。而我们到底是听不出谁是谁的伴奏，大自然终究是一个大乐师，所有的音符都储藏在的它的琴弦里。在醇清的秋风浓香里，秋日的骄阳落下来碎屑般的光，与那些羽翼未丰的飞鸟，一次又一次变换着我们眼底里的水下美景。我想，那些身影矫健的游鱼们，大概就是这些流碎的景色养育出来的吧。

一路沿水而行。但途中，我们总是会在深谷水浪高扬处，或者水宽静流处，又或者是怪石嶙峋处，情不自禁停下来，合影留念。而当我们行至一处形若一线天的狭缝下，便与西沉的太阳相逢了。此时此刻，水岸两侧的半山腰上，一条曲若水蛇的山间公路，几辆载满谷米的农家小货车正卷尘归去，远处水畔的坡地上，牛羊归来了。

已是归程之时了。可是，这一条幽静的溪水，却照例是原来的样子，不缓不急，来了，去了，又来了，又去了。清寂的浪涛，并没有因为谁曾来过，谁又曾离开，而伤心悲泣。水畔的青山也是这样子的沉默，风来了，风去了，花开了，花谢了，浪起了，潮灭了，热闹和繁茂一阵后，最终回到了寂寞。

我想，夕阳下，山水是懂得寂寞的，一个人的钓鱼台，也是害怕寂寞的哩。

第四辑 东街里的樱花

天灯坡

　　常常想起那段岁月,在一个叫长顺的山里小城,一次次爬上小城中央的天灯坡,一个人静静地朝着城郊山梁里那轮细瘦的秋月,遥望故乡。故乡在黔东与湘西接壤的一个叫埂冲的山湾里,自从到省城贵阳念大学,便很少回去了。这不,大学一毕业,竟然就到了长顺这座小城来,乖乖地听从了命运,在天灯坡下,工作、生活。

　　不过,我到底还是爱上了这座小城,因为这城里有这么一座灵秀的高坡,耸立在城中央,供人日日攀爬游玩。相传是嘉庆年间,一个信奉风水的外乡官吏将永固山易名为天灯坡,"天灯",取"天灯高悬,国泰民安"之意。"八小时"外,闲着没事,于是去爬天灯坡,只需沿着小城新街徒步数百米,然后穿过一段并不长的古巷,就到了坡脚。上坡的路是泛着青光的水泥小道,弯弯曲曲地,藤一样缠在天灯坡上,坡上到处是苍翠的老树,偶尔闪出几枝翠嫩的竹叶,细绿的叶片送过几缕绿意来,在秋天,这嫩绿鲜活的颜色是很少见得到的。

　　秋夜里,风渐渐凉了起来,天灯坡上的那轮月,却是温暖的。不须带书,亦不须携友,一个人的天灯坡,自有它的乐趣。像尘一般,贴着大地,静静地观望山下小城里的夜色,白天的喧闹早已不见了踪影,倒是万家灯火,梦境一样美丽,浮在阑珊处。或是躺在坡顶的老林里,凝望夜空里的云和月,它们那缓缓潜行的步伐,竟然使人想到了匆匆流逝的岁月。云走了,月落了,时光不在了,天灯坡会老吗? 数着那满坡零碎的月光,面对苍茫的天灯坡,我莫名地问着自己。

沐浴在天灯坡的月夜里,我常常会想起父亲来,想着想着,心就开始泛潮。每每这样的夜,父亲一定是坐在老屋的柴门里,一个人吧嗒吧嗒地抽起老叶烟,不时哼上几曲自编自演的山歌,望着屋外树梢上的淡月,思量着他的庄稼,也思念着他那远游的儿女。很多个月朗星稀的夜里,我躺在天灯坡顶,借着穿过树梢被秋风摇碎的月光,一字一句地念着父亲的信:

　　　　可爱的儿,在他乡,还好吗?……

父亲不多话,他的几句问候,读后常常使我热泪盈眶。

月总是要落到山那边去的,我竭力贴近大地,轻轻地捧住那些暗淡的月色,试图让这些破碎的月光,补圆那颗思念的心。在天灯坡上,我暗暗地收拾起漂泊的心事,把对这座城的依恋,揉成生活的信念。

又一次我爬上天灯坡顶,看着山下那熟悉的小城,那些斑斓闪烁的街灯,那些宽敞洁净的大道,那些隐隐约约飘过耳际的熟悉的歌声,在漫长的时光长河里,它们一次次冲刷着我那疲惫的心灵。

如今,我坐在城市这喧嚣世俗的黑夜里,远远地遥想着天灯坡以及坡下的那座小城,许多次在梦里梦见那一坡洁白的月光,然后又想起了那段孤独的岁月,心海里竟然浮现出两个故乡:一个是生我养我的那方素净的母土——我的埂冲苗寨,一个是天灯坡下那座灵秀的小城——长顺。

第四辑 东街里的樱花

楼上秋风

∨∨∨

第五辑

走进望丰苗寨

　　望丰苗寨位于黔东南苗族侗族自治州雷山县境内,早就欣羡寨中如画的风景。有幸参加贵州大学二〇〇三暑期"三下乡"活动,便如愿走进望丰苗寨。一路上,透过车窗,只见那迂回蜿蜒的山道,滚着绿浪的秧田,琼浆玉液般流淌着的溪水,悠悠旋转的水车,山腰间鳞次栉比的木制吊脚楼,这一切像是梦境,然而却又真真切切的凸现于眼前。

　　登上小木楼,阵阵凉意迎风袭来,主人安排我们在堂屋外廊的"美人靠"上小憩,几分钟后,先前的炎热就没了踪影。凭栏远眺,寨中景色尽收眼底,乳白色的晨雾在小溪的上空紧贴着山谷浮荡,经朝阳照射后,慢慢变淡直至消失,歇息于电线杆上的燕子,嘴里还衔着从稻田里捉来的小虫,一会儿便飞进堂屋来,转了一圈后就躲进了悬挂在木梁上的泥巢。主人说这里家家户户的屋顶梁上都有燕巢,起初燕子只是暂时栖息,渐渐地就安家落户了。这使我不禁想起现代文明的都市人来,都市里的人爱鸟则须用铁笼将鸟封闭起来,悬挂在阳台一隅,窃取鸟与人的乐趣;而望丰苗家人与燕相安无事,共同享受着大自然的和谐与美。

　　苗家人能歌善舞,望丰苗寨的歌舞世代相传,没有止息,它与邻近的朗德苗寨、西江苗寨共同组成一部活生生的"苗族历史文化教科书",盛誉传遍了大江南北。苗家人喜欢用欢腾的歌舞招待客人,不论姑娘媳妇还是小伙们,常常在干完活后聚在一块儿吹芦笙、唱苗歌、精心排练节目,用自己独特的方式迎接四方来客。或者外出演出,其中有很多人唱到了国外,演出了国门。望丰乡政府的"一把手"李振华书记就是其中一个,他曾代表苗族顶尖级乡土艺人访问日本和新加坡。我们央他唱几首当年与苗家妹子在山林里对唱的情歌,李书记腼腆地掩嘴而笑,幸福溢于谈笑间。时至如今,寨子里喜好歌舞的青年男女越来越多,他们除了表演,还出售自家的刺绣、芦笙、银饰等手工艺品。望丰苗寨人还是种茶能手,从木楼上望去,朦朦胧胧的晨雾中,忽隐忽现的茶林覆盖在苗岭上,景观颇为秀美。望丰人生产的银球茶、云雾绿茶、清明茶等早已畅销省内外,其中银球茶被外交部定为馈赠礼品,深受中央和一些国家领导人的青睐。不经意间,主人便从屋里端来几杯醇香怡人的茶水,邀我们尝尝味道,只可惜我们不懂茶道,只会一个劲儿地回谢主人:好喝好喝……聪明能干的苗家人不仅为苗家的经济发展注入了新鲜血液,更多的是为苗家人带来了欢声笑语和沸腾的掌声。

不喝酒,不算进了苗寨,酒是苗人的文化,在苗乡的生活习俗中占据重要地位。苗人用酒表达他们的情感,酒喝得越多,情自然越浓。要进寨门得先喝十二道拦路酒,盛装的苗家女子手捧牛角杯,送到客人嘴边,喝了酒才放行。酒到嘴边,一般不用手去接酒杯,不然会被双倍敬酒,腰圆体壮者三两杯不嫌多;而像我们这辈书生,每过一道关口都只敢沾沾唇便罢。

酒席上,苗家人敬酒的场面可真够壮观的,堂屋中央的地上排满了各色菜肴,主客一起围坐在搭好的木条上,热情的主人先邀客人干两杯,然后就是敬酒。主妇手持酒杯,姑娘媳妇们则端着酒壶,她们一边唱酒歌,一边催促客人把酒饮干,歌声不绝,情谊难却。

酒罢即归,主人再次持酒相送,惜别之情荡漾于香醇的酒中,我们乘着酒兴在高奏的芦笙中与苗人牵手共舞,互道祝福。"打开山门迎远客,走出山寨闯世界。"沉睡多年的苗寨,必将如猛狮初醒,创造更美好的明天!

甲秀楼的忧伤

我日日穿过甲秀楼,然后沿西湖巷走不到十米的路,去上班,这使我与甲秀楼是多么亲近啊。起初,我并没有在意这栋老楼,和其他贵阳人没有两样,匆匆踏过甲秀广场,从浮玉桥端越过马路,在水利大楼里面,日复一日地遵循着早八晚六的生活。直到后来,我的房东老板因为租金问题,把我"抄家"了,我被撵出了出租房,成了居无定所的流浪汉,整日空荡荡的一个人到处游走。我曾经游走到文昌阁的长廊上睡过午觉,在阳明祠的茶楼下纳过凉,在东山山顶抛洒过无数次无奈的热泪,在河滨公园的青石板上细数过失去的岁月;最后才发现,甲秀楼原来离我那么近,它就在我的眼前呢!

爱这座楼首先是喜欢读它的历史开始的,据载甲秀楼始建于明万历二十六年(一五九八),那正是黔人盛运之季呢,科举考场上,屡屡有黔人中甲,震惊华夏,而那位叫江东的巡抚老人,不愧是一位充满诗意黔籍大官,他将这楼唤名"甲秀楼",恐怕其最初的禅意也就是"科甲挺秀、人才辈出"之意吧。我完全忘记没有归宿的伤痛,就在甲秀楼的涵碧亭上美美地睡一觉,闭上双目,什么都不去想,人世间的纷纷扰扰、喜怒哀乐全抛到脑后去吧,静静地聆听那宽广的南明河缓缓地穿过甲秀楼的歌唱。我想,人生际遇总是伴随失落和惊喜而来的,恐怕过了这个寒冬,说不定下一个美丽的春天就是自己的了呢。

我已经习惯于这座高约二十米的楼阁里悄悄展望自己，就这样一座三层三檐的楼阁成为我最好的精神歇息的家园。每每心困之时，我就望一眼那画甍翘檐和红棂雕窗的甲秀楼，自然心就放开了去。甲秀楼外，十二根苍劲有力的大红石柱高高地托起六角屋檐，护以白色雕塑花石栏杆，翘然挺立，烟窗水屿，如在画中一般雄浑美丽。

　　然而，不知道是从哪天起，我就意识到了甲秀楼的忧伤。来来往往的游客从甲秀楼下一茬又一茬过去，没有几个还能记得这楼的过去和将来，关注的人则更少了。曾几何时，甲秀楼遭尽劫难，楼危亭毁，几近怠失，幸得那鳌矶石坚硬，顶了住野火恶风的侵袭，为黔人留下了那些辉煌的过去。

　　楼还是那座楼，而人呢，早就去去来来不知换了多少代，楼外的世界也已时过境迁。一栋栋高楼大厦起来了，而清水变黑了，人缘冷淡了，整个天空充满了铜臭的味道。一些人，干脆就在甲秀楼脚摆开了地摊，卖红苕土豆，一些人更恶心，带上他的宠物，在甲秀楼任意大小便。那瘦小的甲秀楼，被挤在了南明河之上，立在一方小小的石块间，就二十来米高，这个高度相对于高楼大厦，恐怕只能算"孙子"辈了，而那穿楼而过的长亭呢，猫粪狗屎的，叫人好不难过。曾经，我还看见一些偷偷摸摸背着家人谈恋爱的年轻人在楼下的河堤上说着甜言蜜语，听见一些黄头发蓝眼睛佬外在甲秀楼顶高呼"How beautiful"！但这些美丽的声音被我们自己扼在了喉咙底端。我们每天只听见南明河的哭泣，乌黑的河水泛起白色泡沫，只要下雨涨水，满江杂物触目惊心，南明河三年变清目标还远啊，如今，我们只能算做到了暂时的变清任务！

　　与而今比较，我更怀念古时的甲秀楼，那时的甲秀楼，"五百年稳占鳌矶，独撑天宇，让我一层更上，茫茫眼界拓开。看东枕衡湘，西襟滇诏，南屏粤峤，北带巴衢；迢速关河，喜雄跨两游，支持那中原半壁。却好把猪拱箐扫，乌撒碉隳，鸡讲营编，龙番险扼，劳劳缔造，装构成笙歌间，锦绣山川。漫云竹壤偏荒，难与神州争胜概。数千仞高凌牛渡，永镇边隅，问谁

双柱重镌,滚滚惊涛挽住。忆秦通棘道,汉置戕河,唐靖且兰,宋封罗甸;凄迷风雨,叹名流几辈,消磨了旧迹千秋。倒不如成月唤狮冈,霞餐象岭,岗披凤峪,雾袭螺峰,款款登临,领略这金碧亭台,画图烟景。恍觉蓬州咫尺,频呼仙侣话游踪。"而这样的美景,恐怕也只有梦里才有了。

月光照耀鉴江河

夕阳刚刚沉下去,月亮就悄悄爬了上来,那放牧的山娃也赶着牛羊从鉴江河岸回家了,那些在地里忙了一整天的农妇和耕夫们,正拣起锄镰走在收工的路上,禽舍外的鸡鸭们成群结队地相邀着归圈了,远远地望得见一缕缕青烟升起。数百年来,鉴江河畔的苗侗父老以这淳朴的乡情和民风守候着家园,静静地守望在鉴江河畔,目睹着素有"黄金城"美誉的凤城(今天柱县)所发生的一切变化。

月光下的鉴江河是丰满的,她如一沐浴后披着白色睡衣的长发少女,给人无限遐想。收工归来的农妇和耕夫们,总会在鉴江河畔的观音洞口歇口气或者摆会儿门子再回家;早已拴好了牛羊的牧童,三五成群地在鉴江河里游泳,他们在那里打水仗,或者玩"老鹰捉小鸡"的游戏,那稚嫩的童声从鉴江河上传来,扰乱了正侃得起兴的大人们,他们再也抑制不住内心的向往和狂热涌动的心潮,大步流星地向鉴江河奔去,融入了孩子们的游戏。月光下,静静的鉴江河满江金辉,微波荡漾,她缓缓地从观音洞口穿过,带着苗侗人民的欢笑,一路欢畅着,流向大海。

鉴江河上游的紫云桥畔,耸立着三块硕大的巨石,那是传说中的"三星岩"。相传乾隆年间,善于堪舆的天柱知县马士升,一日赴城北踏勘水文地理,见鉴江河岸三石矗立,天然如菌,即兴题诗云:"三棒打九洲,西水往南流。才子无三代,做官不登头。"还命人把三石居中一石凿平一面,镌上"三星岩"三个大字,并立碑纪之。凤城人尤喜欢于"三星岩"下的鉴江河段游泳,每逢有月的夜晚,鉴江河里热闹非凡,笑声歌声此起彼伏。鉴江河畔,那一抹抹墨绿色的青山,在皎洁的月光下,依旧清晰可见,那渐渐远去的山峦,似若一头秀发披在鉴江河之上。

在月光下的鉴江河游泳是一件多么愉快的事,而酒足饭饱之余,沏上一罐热茶到鉴江河畔谈古论今也不失为一大快事。近些年来,水患减少,社会和谐民主,凤城的父老乡亲个个都对凤城的建设充满了信心和希望,唯独老人们常常显得心有余而力不足,他们就各自寻着乐趣。尤其是在有月的夜晚,趁着缕缕月色,老人们扶着拐杖去观音洞上香,他们往往忘不了摆上几盘用开水煮得透熟了的肥肉,祭奠我们的祖先。日子过得好了,祖先们是不能忘记的,老人常常这样教育后人。

年轻人门子侃得口水干,见得老人们手中那祭奠了祖先的肥肉,讨了过来,用随身携带的水果刀切细,拧开半瓶"苞谷烧"慢慢酌饮起来。那"苞谷烧"可是凤城妇女用自家种的高粱和小米酿的。善良能干的凤城妇女最能体贴男人的心,她们每年都要种上几亩高粱或小米,等到了农忙季节,男人干活累了,就舀几升(凤城人用"升"来计算高粱或小米的重量,一升大概合两斤半)出来倒进土鼎罐(一种土锅)里,再用柴火煮熟,和上一点酒曲,用男人们打的木桶密闭着盛好,一个星期左右就可以酿成酒了。喝了酒的年轻人喉咙"痒",他们要唱上几曲才痛快的。不远的地方坐着几群妇女,她们在那里说着各自的男人,听得男人们的歌声震天响亮,于是按捺不住那早已发痒的歌喉跟着对起歌来,女人们往往开口就唱:"当岩高阁接飞霞,曲突空灵坐落迦。几叠崇山登彼岸,一湾流水渡恒

第五辑

楼上秋风

心。石垂璎珞淋冰乳,月挂琉璃护玉纱。稳是僧禅栖隐处,不须门外问桃花。"男人们则唱:"望中楼阁起城阴,水抱山环大士林。紫从何年开径古,白衣容我入云深。楼棱蹲踞风雷气,片片玲珑洞壑音。的是胜名尊者地,不随灰劫到而今。"此时,从树梢斜穿而来的月光,落在观音洞的楼阁上,廊道间,碎了一地金辉,让人好生觉得可惜,此时的鉴江河也正欢畅着一路奔向大海。

其实,那歌曲并非苗侗人民的原创歌曲,而是古代文人墨客写来赞美鉴江河的诗赋,但已经被苗侗人民传唱了数百年,成了凤城人的"顺口溜"。在异乡,每逢天朗月明之夜,我就会想起那些"顺口溜",就会思念故乡的"苞谷烧",以及鉴江河畔那些月光穿过的夜晚。

清水江夏韵

我热爱清水江,尤其在夏天。夏天的清水江美可入画,清幽的江面水灵灵的波光在荡漾,碧绿的青山倒映在江中,更是增添了清水江的绿。岸上吊脚楼凝固成守望者的雕像,凝视着源源而来、缓缓而去的清水江,穿梭于楼墙内外的苗家男女无疑就是画中最亮的风景。

在闷热的夏日傍晚,清水江两岸的苗寨男女如邀似约,他们在那里玩牌、游泳或是侃门子。远远望去,只见男人们露着汗涔涔的胸脯和油光发亮的臂膀;小孩则晃着脑袋,光着屁股在大人身边绕来绕去,玩捉迷藏。聪明能干的苗家妇女则端来喷香的饭菜,放在平整洁净的石板上,一家人围成一桌,沐着夕阳的余晖,津津有味地共进晚餐。邻桌的人则好奇地凑过来,以为人家的盘子里有"龙"肉,急慌慌地伸出修长的香竹筷夹上一大口菜便笑嘻嘻地走开。有时,调皮的鱼儿好像闻到了人间烟火的香味,翻身跃出水面,瞧了一眼热闹的人群便又钻进了江底。

男人们总是丢不掉饮酒的嗜好,端来一坛糯米酒,举起坛子便饮。酒是他们爱人用苞谷、高粱、糯米加酒曲精心酿制而成的,非苗家人嘬上一小口便会微微酒醉。勤劳的苗家人喜欢祖胸迎风,露臂承欢,图的也仅是酒足饭饱、合家欢乐。醉酒的苗家人爱唱歌,他们这样唱:

苗家人咧苗家庄,清水江边苗家乡。
苗家乡里苗家人,从不愁穿不饿肠。

这样的歌一般由男人唱,女的则唱:

苗家人咧苗家庄,清水江边苗家乡。
苗家乡有黄花女,能绣婵娥好嫁妆。

苗家人结亲,女方看中的是男方家是否够吃够穿,男方看中的则是女方是否善绣,若是这些条件都具备了,还得看你是否勤劳,不然,婚事就只得到此作罢。

每每逢月白风清,星空灿烂的良宵,苗寨男女则相邀到江边山脚的密林中对歌(唱情歌),男的一开腔便唱:

山歌好唱口难开,
鲤鱼好吃网难抬。
只要情妹随歌意,

　　星启月落跟歌来。

女方则唱：

　　甜嘴巧舌似山雀，
　　口蜜腹剑难捉摸。
　　今晚哥把幺妹哄，
　　明朝嫌妹还是哥。

　　这时的中老年男女们不甘示弱，他们带上小孩，趁着一丝丝未绝的酒意，到清水江中去放舟。只见男的纷纷解缆握篙，将船撑离江岸。船到深处，便改用桡片划向滩口。到过清水江的游人都知道，清水江的险滩不少，滩口水流湍急，浪击绝壁，声如雷鸣，但只要越过滩口，小船便如叶飘浪涛间，江面波起云涌，雨雾纷纷，然而虽有惊魂失魄之险，却无覆舟溺水之虞。俗云"近江识水性，靠山知鸟音"，在清水江长大的人，多经历大风大浪，乘船行舟无不如履平地。历久的风吹浪打，养成了清水江两岸苗寨男女勇猛的性格和豪爽的情怀。

　　清水江不同于其他河流，尤其是夏天的清水江，美丽娟秀的两岸风光，澄明透绿的江水，它的每一条涓涓汇入的支流，无不有着悠久的文化背景和优美的神话传说而显其淡雅凝重。耸立在河岸的刘、吴等十余座家祠，是苗家儿女智慧的结晶，离县城五十公里开外的三门塘，已被列为省级文物保护单位，那里有世界最高的牌坊……

　　夏日里的清水江波光灿烂，它映着苗族人民的足迹，它期待着苗家儿女幸福美好的明天。

茫茫魁山

　　老早就打算去登魁山了,却一直找不到合适的理由,或者说是找不到登山的力量和勇气;在这座小小的城里生活久了,不知不觉间竟懒惰成性了。好在除夕一过,几个内兄内弟见得我的数码相机闲在口袋里,说什么都想拉上我去爬魁山,去看看魁山深处的降龙寺里的香火,去魁山顶上看看那场五十年不遇的雪,去雪地里照相。这么一说,兴趣、力量、勇气,似乎在瞬间凸涨起来,心痒痒的,脚也痒痒的,不一会儿工夫便徒步行至了魁山脚下的马鞍山。

　　山下有山,楼中有楼,这景象在黔北是不稀奇的,而对于出生在湘黔相壤的黔东人而言却不然,我油然感叹,在这座正新建得热火朝天的小城一侧,这山,难道仅仅是山嘛,这山脚下的水,难道仅仅是一汪水而已嘛,这山水里穿梭的男男女女,难道亦是若同世俗里的红男绿女一般愁肠万断的嘛。一串串难解之谜在心中萦绕,我渐渐地踏入了魁山那苍茫的过去。魁山那遥远的传说和那幽怨的故事,似乎还在那深深浅浅的脚印里醒着,它时不时和我的心灵对起话来。

　　与马鞍山相视而盱的,便是那魁山腰上的降龙寺了。这座最初被称为"贫垭庙"的寺宇,最早是建于一九一一年的,却止于二十世纪八十年代初,才找到了自己的经书和僧侣,而这些功劳,大概可以统统归属于一个人身上,他就是备受小城人欢迎的寂超法师——一个年已耄耋、身弱目

盲的僧人。就是这僧圣人，挽救了一方苦民，他以佛门慈悲摄受胸怀，用佛门正法，无私无畏地向来自四面八方的旁门外道、邪知邪念见信众、恶人，进行说服教育，维护佛场的清净与庄严。遥想当年，那些迷途的信徒，缠裹在魁山一角，他们打望着心中的无奈，他们躺在苍茫的苦海里默默祈祷的样子，他们渴求神灵的护佑，这凡尘人世里，到底是欲望奴役了我们的生活了，到底是苦难驾驭了滚滚流俗了。面对魁山，我默默潜行。

于降龙寺那恢宏的庙堂俯身而望，魁山脚下的小城，竟然是那么瘦小，似若飘带一般，在山风摇曳的枝叶间里浮动。小城东郊那碧波荡漾的西流水，那万担粮田的葫芦坝，此时此刻就在眼皮底下若隐若现。

山道却是夹挤在一抹高约二百米的悬崖之间的茅草野径，每一步，都充满了玄机，我不敢轻易低头下望，那绝壁以下的眩晕，足够让我飘飘然矣。小城人都说，这绝壁，就叫魁岩，关于魁岩的传说，却又是有很多版本的，但世代相传的，只有今天人们依然信奉若神的"飞剑斩龙头"了，小城里有民谣云：东水向西流，飞剑斩龙头，文官不到老，武官不到头。说的就是这一抹神奇的魁岩，与隔河相望的马鞍峭壁竟是惊人地一脉相承，而这中间的断情河——天门河，水泽依然清澈见底，游鱼若织，红的白的，密密麻麻地躲藏在水草芦苇之下，就是这一程水流，把魁山的忧伤，从遥远的过去带到了现在，而民谣深处那隐隐的痛楚，似乎伤口昨天刚刚出现。

那已经是很远古的事了，一条游龙被神仙追赶，从四川方向朝黔之北一路逃窜。这神仙是一位英俊潇洒的青年小伙，他气宇轩昂，手执宝剑立在船头，而当游龙逃窜至现今的小城时，早已筋疲力尽，神仙轻而易举追上来照准龙头狠狠地劈了一剑，龙头龙身就分了家，龙头就是现在的马鞍山，龙身自然就是魁岩了。阳光下登高一望，光芒四射的天门河横劈在两绝壁之间，俨然一柄斩龙利剑。

之后的许多年，一个绝美佳人来到魁岩绝壁半崖中下方的一个洞巢，据说这洞中仙女与附近的百姓关系一直很好。一次,有个姓王的人家娶媳妇,因为来宾很多,碗不够用,主人就到仙女洞来借碗,仙女很热情地把碗借给他了,只是叮嘱他不要装油荤,只能盛素菜,姓王的表示一定照办。回来后,他心想,我用它来装肉,多洗几次再还她,仙女未必会知道,于是他就用仙女的碗装肉,端上桌来还向客人炫耀,说这是仙女借给他的碗。客人们听说是仙女的碗装的菜,都抢着吃。酒席散后,姓王的将碗洗了一遍又一遍,然后到仙女洞来还。仙女在梳头,见姓王的失信,很气愤地将梳子往地上一丢,扭过头就飞走了,从此没有再回来。一首题名《魁岩夕照》的诗是这样写的:"浮岚匝树斗斜阳,万仞屏风玉色苍,最是晚霞明灭处,洞中仙女曝衣裳。"然而,这美丽的女子走了,留下一丝幽怨,缠裹着魁山的过去和未来。

我想,大抵这些就是人间凡尘作的孽吧。

魁岩顶上有一座土坑古墓,据说这就是当年的荆棺坟。那是在明朝初年,有个四川木匠来到魁岩脚下安了家,共生有九子一女。后来木匠死了,九个儿子互相推诿,都不愿出面安葬父亲。苍茫的天幕下,哥哥们相继离开了,小女儿独自守着父亲的遗体,啼血含悲。清朝诗人赵石知的《荆棺行》如是记载:"……是时天雨雪,满山开白棉。霜飚碎肤骨,手爪成拘挛。磷火青荧荧,溪水流溅溅。豺虎对我蹲,眈眈自垂涎。瘴雾山顶,踮踮来飞鸢。女亦无见闻,女亦无忿捐。唯有思亲心,此时愈缠绵,父亲未得葬,从死亦徒然。忍泪强扶起,四顾心如煎。空山何所有,黄荆相纠连。采荆重采荆,指破履复穿。荆条一千枝,枝枝染血鲜。血流亦不知,独坐还独编。负土作高冢,移荆树冢边。却立望九兄,何时复来还?泪尽继以血,著地如涌泉,下有冥冥神,上有苍苍天。天日为昏黑,鬼神为涕涟。嵯峨先络碑,古今两婵娟。白云思女裳,风吹何翩翩。春山知女鬓,草乱何曲拳。行人驻足悲,游女愁骄妍。大海有时涸,魁岩有时镌。烈烈采荆女,永劫为流传。"

这是一曲悲凄的故事,这又似乎是一抹灵魂两侧的光芒,有的阴暗,有的堂皇,那个远去的木匠和他女儿,此时此刻,大抵安息了吧,在沉重的古训之下,所有的悲伤,我们都没有理由抛弃,我们在失措间迷失了自己;然而,我们不可以背离祖先,我们不可以背离骨髓深处的血流,走下去,沿着祖辈歌谣。

此时此刻,我站在魁山之顶,脚下依然是皑皑白雪,这是一场五十年不遇的痛,松林、乱石、山鸟,有的裸露在雪外,有的包裹在雪的中央,只有山湾脚下的小城,此时此刻竟然是那么渺小与朦胧了,它们,隐隐地掩身于我眼下,它们,缓缓地流淌着混杂的旋律,我想,在明天的太阳底下,许多故事,又将与茫茫魁山一道,渗入我的记忆。

高云山

古人云:高云山,离天三尺三,登上宝塔顶,脚下是高山。

我的家,就是藏在高云山脚下的高山里的。那是一个叫埂冲的苗家小寨,从寨头西侧的幼松坳顶,抬眼东望,便可寻见一座插在白云里的孤乳峰,峰下那苍茫、丰满、蜿蜒不绝的山峦之间,金灿灿的朝阳正喷薄而出,阳光穿过峰峦的边崖,跌落在埂溪水畔,染了一溪美丽的春光。这个时候,纯朴的乡亲们就从昨夜的美梦里醒转来了。

接着就看见了高云山下的家里飘摇而出的袅袅炊烟,听到了女人那尖细而嘹亮的晨歌,还远远地传来了男人耕作中那响彻山谷的号子,以及山娃那横过牛脊的短笛。这一切神奇美丽的声像，似乎是从遥远的时空划过来的，又好像是仙境才有的，待得你想仔细看透它的模样听彻它的神韵之时，女人们就吆喝着嗓门，渐渐地一切均归于午餐的酒桌上平静下来了。

高云山下的子民就是这么过日子的，他们不与外面的世界争抢什么，他们只与自己争夺朝夕。在年复一年不断更替的四季里，他们不断地种下希望的种子，然后细心地照看、呵护、培育那希望的根苗。我就是在这样的日子里爬滚在黄土地上不知不觉长大的。

从高云山北侧的山洞里缠绵着流淌而下的埂溪，似乎永远都不会变心，它一直流淌在村子的中央。它从那遥远的村头，缓缓地漫淌下来，一会儿是挂在崖壁上，一会儿却是睡在峪的深处，时而浅，时而深，时而漫不经心，时而又咆哮不止。在那一汪清清的水流里，除开看得见水底的鱼虾、螃蟹、石蚌、甚或是乌龟、水蛇、腐败的兰草等，还看得见溪畔上缀着的我年少的足印，看得见往昔的欢乐与辛酸、泪水和不幸。

高云山下的风是变幻的，它抚摸着村庄的每一个山旮旯，轻轻地一阵又一阵地自由飘来。风里的村庄一会儿是一庄子油光闪闪的绿色，一会而却又到了满山金黄灿烂的秋光了，是这样的光色洗净了我身上的乳臭，当然，也是这样的光色仓促着染白了父亲和母亲的满头青丝。许多至亲至爱的人，在这风里不知不觉就永远地老去，任凭我，奔跑在那山梁深处的野径，苦苦地寻找那一条属于自己的金光大道。现在想来，这已经是过去很久的心事了，我重新把它拾起，并且放在心的中央，我是要告诉自己，我原来还有一种叫作根的东西。在那个遥远的高云山下的庄子里，每一日，每一夜，属于我的那一条根，它一定是在注视或是等待着我。我不能忘记一切称作根的人、事以及河水。

但我终究是穿越了它的腹地，到别的地方去了。许多年我没有听到故乡的声音了，我在梦里想起高云山下的家时，我就会同时想起老人们说

第五辑
楼上秋风

105

过了无数遍的话：没有人可以留得住江山的，只有江山把我们不断地丢弃在路途。于是，那急切切地想望着家的心，便莫名地隐隐发疼起来。

在那李花盛开的地方

阳光·李花

阳光从山间那乳白色的晨雾间奔泻下来，暖融融的，在二月的坪上。

这是一个早晨，当我还坐在飞驰的轿车上往坪上奔跑，当我还没有看见那漫岭怒放的白李，当暖春的细风拼命地擦进我的车窗，我吻到了阳光的味道，那是一缕缕清淡的李花的香气。

这李花，白、干净、细小、湿漉漉的，迎着二月春风，在孱弱的李枝上摇曳。我是走完了大半个黔中大地，然后抵达坪上的，可是我没有看到有谁的李花能够如此雄浑地浸染着这荒阔的石漠，没有哪里的花朵，可以如此胆大和深情，在高高的山野瘦土上，在大片大片冷色的石漠里，在干涸的峡谷乱石间，坪上李和坪上人一样，安详而宁静地守望自己脚下的土地，过着自己的生活。

哪怕只有一线阳光，也要让整个苗彝山乡开遍希望的花朵。那年那月的坪上人，悄悄地解开束缚在手脚上的缰绳，这名曰冰脆李的李，于是静悄悄地在坪上落根，继而发芽，到如今，希望的花朵怒开了，人们的脸上欢颜荡漾。

透过怒放的花朵，阳光越加显得灿烂，明晃晃的，直激人心。当我从车内落入大地，踩着那松润的春泥，李花、阳光，挤过我的视线，我感觉到了一种充实的拥有。此时此刻，我不光拥有这一季多情的春风，我还拥有这白灿灿的千万岭李花，我拥有了我脚下踩着的这一春坪上的美景。可是我同时还感觉到了一种莫名的空虚，我到底还缺少什么，置身在这花朵遍布的山岭里，我深深地吸气，我又重重地吐气。我知道，在这个世界上，没有劳动，就不会轻而易举地得到劳动者的果实，我此时此刻所拥有的一切，却是暂时的。但我收获着另外的一个季节，我在白花的脉络上看到了奔涌的江河与湖海，我在茂密而静默的李花林中听到了自己内心深处的喧嚣和轰鸣。

这是我在朝阳下看到的冰脆李，青黑色的树干，树皮微微翘起，伸出手轻轻触摸一下，感受到的是粗涩糙砺；树身上隆起黑色的斑点，像眼睛，目光凝重、深邃、烈热；树身上部生发的枝杈纵横交错，蜿蜒曲折，但都努力地向上生长，遥刺长空；石岩上的薄土里，树根不断地向下延伸，直指岁月的深处。在花下，我遇见一对老人，他们粗糙的双手不停地往石缝里的李林灌进泥土和家肥，脸颊上的汗水若雨帘般穿过金色的朝阳，而身后的远山，是白白的花朵，是花朵下的村庄。袅袅炊烟，卷曲升腾着，慢慢地就漫过了他们的头顶。我在此时此刻闻到了山岭那边传来牧童的呼喊：

公也——

婆也——

吃早饭喽——

这稚嫩的声音，穿越了一座又一座盛满李花的荒漠，在我心里久久地回荡着。而那阳光下的土楼，那土楼门口的大山，那大山里的野石，那野石间的李，那李花下的老人，大概早就听惯这样的呼喊。

又一股轻盈的春风抹上了脸颊，一丝又一丝浓烈的花香，乘风飘过山间那细瘦的村庄。我在晨色还没褪尽之前爬到了一座高高的花山之巅，

第五辑 楼上秋风

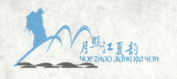

放眼望去,我看见阳光下那白色的花潮,一浪又一浪,卷入我的心海。我知道,那一定是风,摇白了李花,是李花,染香了坪上。

李花·戏台

在坪上,李花,似乎是为戏台盛开的。而戏台,是为李花搭建的。

当我乘着朝阳与晨风从花山之巅扶花而下,走到坪上和平村时,我看见一座水泥戏台就摆设在李花林下,周围是挂满了花朵的冰脆李,李花坡下有一些低矮的楼宇,青色的瓦檐横过花丛,有一些叫不上名的山鸟,在花枝和屋檐之间翩翩起舞,耳畔传来一阵阵清脆的鸟啼声。

这一日,就在这个戏台,即将上演的是"贵州·普定石漠化地区(坪上)李花节"的开幕盛况。待到朝露慢慢升腾为正午的暖流,当各个散乱着的村庄里的苗彝姐妹爬过了那一岭又一岭的李花山径来到了戏台的周围,当城里喜好看热闹的戏迷耐不住性子在戏台下打响口哨,主持人却是迟迟没有报幕。这戏台,台上坐的是远方的客人和贵宾,谦和的苗彝姐妹头系巾帕,身着节日盛装,挤在满山花下,静静地等待着戏台上即将出场的演员。我是抽身从贵宾席的座椅上游过了人海来到了他们的身旁的,我跟着花下的人群一起欢呼,鼓掌。而身旁的花朵,却是静静地站在光秃秃的李枝间,一抹微风拂过,听得见那瑟瑟的落花欢舞。李林下那一地洁白的雪,于是越加厚凝了。

戏,终于是开始了。

一出《抬头见喜》的舞蹈,打开了李花林下的戏台的序幕,接着是优美的女声独唱,嘹亮的歌声惊艳了这寂静的花乡,而最好看最养心的,莫过于坪上人自编自演的花灯小戏:《李花渡口表情真》,这戏,台词好,演员亦是演得情真意切。自家门口的戏台,是一定要唱好这戏方才罢休的。花下,掌声一浪高过一浪。节日里的喜悦,早已被这歌声和掌声诠释得淋漓尽致了。

当和平村的戏台落下完美的帷幕,我在离和平村不远的别处李花林下,却又看见了另外的戏台。那是坪上夜郎湖水畔,两岸对门寨的姑娘们,一路地以歌舞欢迎着我们,她们一会儿站在花下歌唱,一会儿又跑到了宽阔的廊道间起舞,在歌舞欢腾里,我分明是读到了坪上人的幸福。

我以为,李花,是为戏台而怒放;戏台,因坪上人而精彩。

戏台·美人

远远地,我依然看得见那一山又一山的白花林下,姑娘们依然在欢快地歌舞,黑白相间的长裙,在春风里高高地扬起,她们细嫩的脸颊,润红,涨满了女人的春色。哪里有李花,那里就是戏台;哪里有戏台,那里就有姑娘。李,就是如此地与坪上血肉相连的,而坪上的姑娘,也就是这样的和戏台有着前生今世的不解之缘。

在二月的春风里,到坪上来,就是要来看李花的;看李花,当然就离不了看戏,看坪上的戏,固然就可以欣赏到坪上的美人。在美人身上,我们又可读到坪上那苗彝村寨的风情,这风情是浸润在姑娘们的心灵里的。美丽的苗彝姑娘用自己的歌和自己的舞蹈,把心灵的、民族的、一切的美丽展现给别人。借着李花的光泽,透过戏台的演绎,我看得到坪上姑娘的无比幸福。此时我想起了别人的诗句:如何让你遇见我 / 在我最美丽的时刻,为这 / 我已在佛前求了五百年 / 求它让我们结一段尘缘 // 佛于是把我化作一棵树 / 长在你必经的路旁 // 阳光下慎重地开满了花 / 朵朵都是我前世的盼望。

有如此丰富的戏台,有如此娇艳的白李,有白李相映的美人,做一个坪上男人,那一定是幸福的,做一棵坪上冰脆李,也必然是幸福的。我这样想着。

楼上秋风

楼上是一个仡佬族百年老寨，寨中保寨老木郁郁葱葱，木屋层层叠叠沿山势而建。在初秋的夕阳余晖下，一窗窗炊烟绕裹在百岭青瓦屋梁之间，这个季节的楼上晚景，就此算是开始了。

我看见一群群晚归的白鹤，唱着夜歌踩过楼上的夜空，它们和楼上的仡佬族同胞们，注定是要步履匆匆地停落在楼上的这片母土，辛勤地耕耘，安静地守着日子生活。那巢里的儿女，自个儿会懂得奋发图强的。《周氏家谱》里就有这样的记载：周氏始祖周伯泉，为了躲避战乱于明弘治六年从四川威远迁居楼上，发展至今。而楼上的风，又是何年何月由何方吹来，穿梭在楼上夜风里的白鹤，到底是经历了怎样的疼痛，一代代翻飞在楼上的人居环境里，它们的歌唱和欢乐，我们到底能够读懂几许。

风是跟随酒歌飘过来的。穿过斜斜的龙门，在一抹细瘦洁净的石板小道，我便遇着了它们。一进门，就是亲人迎送过来的几大口的酒。大碗吃肉，大声说话，大胆唱歌，楼上人习惯这般的粗犷和豪迈。在细风瘦月的初秋，楼上的男人女人，到底是忙里偷了闲，围坐在木屋外的土坪堆里欢舞，白弱的月光就是最好的下酒菜，大地上的石块便是上好的酒桌，盘膝而坐，促膝而谈，在屋外的夜色里邀星约月同欢共乐，他们歌笑着，酒语着。而寨门外那起伏的群山，恐怕就如楼上人最为虔诚的观众了，它们静静地安躺在古寨的四周，数百年来都如此般默默地守候着楼上和楼上人。

风,此时此刻又吹了过来,柔柔的,凉凉的,浸润在歌语里,使得这个白月夜,楼上越发神秘了。

不知是谁家的闺女,撑一把红纸伞走在送亲的队伍前,沉沉的步履跌落在龙门前打望的娘心里。那幽幽的石板路上,碎落一地的唢呐声,远处的秋叶,正渐渐泛红。

这时,我听见了那远古的秋声,我看见了白鹤摇曳的影子,我又反复地听见了那些熟悉的夜歌,在古寨的月光下,一浪高过一浪地涌来。似乎是在顷刻之间,我读懂了那些行歌坐夜的楼上人,沉淀于胸的心结全部解开了。原来所有的族群,都是在时光的打磨中坚强着族群不屈的信念,艰难生存下来,尔后又快乐的创造着凡尘的一切。世代莫不如此。

我在楼上这般饱满的风骨里,很容易想到自己的民族身份和民族始祖,那个坚强的苗王老汉子,一路的风尘仆仆,最后四处都流落有我的苗族胞民。而楼上仡佬族胞民们,又何尝不是如此艰辛,方才保得了这一寨亲人幸福的今日时光呢?于时光而言,我们恐怕连一粒细小的微尘都不如,而于这整个的人类来说,我们每一代的族胞们,却都是一代神话的缔造者!

月光下的楼上,那些白日里绿绿的山,清透的水,苍茫的岭,勤劳的楼上男女,就是在这一季又一季的风里,染绿了家门口的坡坡岭岭,剔亮了生命中的风风雨雨,丰盈了漫漫征途,他们和它们相生相爱,相存相惜。轻轻地,拂来一阵阵的风,抚过楼上古寨的百年旧史,楼上人的神话由此而变得延绵不绝,由此,楼上的故事夜夜发生、日日新鲜。我看见那树荫下的古戏楼,精雕的花窗蝴蝶翩翩起舞,点点梅花怒放着生命,蜻蜓的瘦尾在薄翼间不停摇晃,梓潼阁里散发出明朝文化的光芒。楼上的一切物景,都是那般厚实,且又静如处子,一守就是数百年。

顺着山口吹来的风,踩着咯吱脆响的木梯,到二层楼宇的香木客房休息,不曾想,刚躺下身子,就发现那淡淡的月光满窗泼来。我想,与其早早

第五辑 楼上秋风

地在朦胧睡意间做梦,还莫若起床观望这满窗的好月。刚走到木廊间,我便发现这初秋的夜风是多么喜欢在这薄薄的月辉间嬉戏,一会儿是静悄悄迎上来,一会儿又是热烈地抚弄这浩浩渺渺的夜色。我扶着斑驳的铁锈色木墙,在二楼的木廊深处,我听得见窗纸在细声歌吟,我还隐隐约约看得见远处那一片寂静的夜景,硕大而挺拔的山峁梁,以及峁梁下的谷间溪流,迂回的水响时而模糊不清、时而隐约可辨。初秋的风夜里,到底是简约了许多的细节。唯独瓦下的守家之犬,似乎还没有半点的睡意,毕竟这满寨的平安,是与它们无不密切关联的。

夜月下,远处苍茫的千年紫荆、欢腾的廖贤河、悠闲的搁岩湾、阔大的轿顶门、俊美的文笔峰,以及寨子深处的古桥、古树、古井、古墓,无不是彰显着明清以来的古风古韵。楼上到底已是一个全国闻名的历史文化名村,它那古朴民生风貌,它那厚实文化底蕴,已是难寻的大气之作。

初秋的楼上,风里已夹杂着淡淡的稻香。风是跟随酒歌飘过来的,我知道这风的下一个驿站,一定还是那个和谐丰足的楼上秋日。

走进夜郎湖

今年五一,抽身赴普定参加同学的婚礼,方有幸实现了走进梦中的夜郎湖。作为水利人,我早就耳闻夜郎湖了,苦于我的工作权限,一直无缘踏进这片梦中的暖水,这次终于得以成行,定将饱览一次夜郎湖的美丽风光。

五一当天一早，我伴随着新娘和新郎上了轿车，由普定城关驶往夜郎湖。一路上只见一棵棵桃李从满山石岩的石缝间挤出半个身来，摇晃着枝叶，像是在给人们招手示意，那崭新的绿叶下已挂上了满枝细小的果粒，待到七八月，这果粒长成圆大透红的果实，包装起来就可以销售到城里去的。大概三十分钟后，我们就到了夜郎湖景区。

　　站在码头放眼望去，宽阔的水面似若一张硕大的绿镜，两岸山峦倒映在了湖里，越发显得湖面深广莫测，一群群水鸭欢快地叫唤着掠过水面，眨眼工夫就飞到对岸的石缝里去了。同学很绅士地从轿车上抱下了新娘，将一束扎有九十九朵玫瑰的鲜花递到了新娘纤细的手上，然后携着新娘的手，向一只靠岸的船走去。这使我想起古人的那句话——携子子手，与子偕老。这同学终于将爱情牵进了婚姻的美丽殿堂，揽着这美丽动人的新娘将爱情靠了岸，日后，自己将以一个真正的男人的身份立世了，想着同学的幸福，我不禁望了一眼那宽广的夜郎湖，这湖也为这对新人欢腾起来了。看吧，那湛蓝的湖面上，五月的微风轻轻拂来，撩起一层层细浪，在湖面上慢慢散荡开来，直浸入人的心底。

　　就要开船了，还有人没上船吗？新娘新郎在船上相互询问着，生怕拉落了一个朋友。在船上，话题自然是针对新娘新郎来的。有人问新娘，你是怎么看上他（指新郎）的啊。新娘就回答说，从他在夜郎湖教会我游泳那时起我就看上他了，那时还在上初中呢。这新娘也慷慨，径直把他们的初恋时间都曝光了出来，弄得大伙都"批评"他们早恋，还说他们的爱情史犹如长城，经久不息。但新郎则有点"油嘴滑舌"了，硬是要将他们的初恋时间推后到大学一年级。他还说，那时候我根本就不了解她，教他游泳是怕她溺水，大一的时候给她送玫瑰花，他收下了，这才开始爱情的。这话逗得一船朋友哈哈大笑，笑声在湖面上荡漾开来，惊醒了正沉睡在石缝里的鱼鹰和水鸭。

　　同学的婚庆固然是喜气洋洋的，但我更在乎夜郎湖。我曾经查阅过

第五辑

楼上秋风

夜郎湖的相关资料,据东晋史学家常璩的《华阳国志·南中志》记载,传说古水(今北盘江)边,有一女子在水滨浣衣,见水中漂来一截大竹,又闻竹中有婴儿的啼哭声,拾而剖之得一男孩,后扶养成人,后成为雄踞一方的夜郎王。这个美丽的传说使我发现,原来夜郎是与水有着奇缘的,难怪夜郎子孙也就将这湖美其名曰夜郎湖。而此时此刻,我正徜徉于古人的传说中快活地旅行呢,想到这些,心里并不禁为那些鬼使神差般的壮丽河山兴奋起来。

船过"小三峡"后,同船的普定籍同学告诉我,很快就要越过"夜郎赤壁"了,到时就可以看一眼这"夜郎赤壁"的真面目了的。话音未落,只见前方有一大山,临水面如刀削,崖壁呈现出火焰状的红黄色,与水中的赤壁浑然一体雄浑而又美丽。驾船师傅鸣响了船笛,示意前方船将越过峡谷。此时的新郎新娘,因前一天晚上闹了一整夜洞房,倚靠在座椅上疲倦地进入梦里去了。

一路上,我饱览了三岔河码头风光及"虎跳峡"的壮丽景观,并聆听了同学对于"虎跳峡"的神奇传说,触摸到了神圣的"亚洲文明之灯"——穿洞文化,欣赏了夜郎湖畔对门寨的苗族风采。那些喝着夜郎湖水长大的苗族小伙和少女,天生丽质,健康漂亮,勤劳勇敢,充满了智慧,就像我那同学,十多年前还是夜郎湖畔的一个懵懂少年,而今却已是满怀雄心壮志并成为她人之夫的青年人了。人都是会长大的,然后还会慢慢老去,就如同四季里的草木,一岁一枯荣啊。而夜郎湖呢,永远还是那么年轻,那么有活力,一路奔跑着赴向大海。夜郎湖用自己的一江乳水抚养着两岸儿女,然后又眼睁睁地看着儿女消失在自己的襁褓外,这是一种怎样的心痛呢,恐怕我们是永远都读不懂的。

或许是出于职业之病罢,舍舟归岸之后,说什么我都想去夜郎湖的大坝上走一走,几个同学也愿意陪我过去,新郎新娘则等候在车上。五月正是防汛泄洪之时,在数十厘米宽的坝顶上,只见眼前银雾腾空,一扇白瀑从坝顶端喷泻而下,轰轰震响,石破天惊。这夜郎湖的水,从安静的湖面越过大坝后,就化作了无数腾飞而去的精灵,大坝即成为动与静的临界点了。望着那奔涌而去的飞瀑,我想起了岁月的匆匆,不知不觉中,自己的二十多个春秋亦如同流水一般飞走了。这时,耳边好像又听到了古人的那句感叹:逝者如斯夫!

最后回望一眼夜郎湖时,已是夕阳西下,如血的残阳从云间雾里穿射而来,坠落在夜郎湖上,一阵微风拂来,整块湖面像一屏开裂的翠玉,五色斑斓,美丽至极。该回去了,有同学向我喊道。我顿时想起,新郎新娘还在车上等着呢,他们还得回去收拾前一天晚上因闹洞房而杂乱的新房。那就让我说声再见吧,美丽的夜郎湖!

第五辑 楼上秋风